www.tredition.de

HANS MARTIN KONZELMANN

***

REICHTUM VERKÜRZT DAS LEBEN

Das Leben der Unschuldigen

www.tredition.de

© 2021 Hans Martin Konzelmann
Verlag und Druck:
tredition GmbH, Halenreie 40-44, 22359 Hamburg
2. aktualisierte Auflage

ISBN
Paperback: 978-3-347-28886-7
Hardcover: 978-3-347-28887-4
e-Book: 978-3-347-28888-1

Das Buch:

Der plötzliche Tod des Geschäftsführers Fred Schumann wirbelt das Leben in einer gemeinnützigen Stiftung durcheinander. Das Management hat berechtigte Sorgen, dass bisher verborgene kriminelle Handlungen öffentlich werden und weitere Todesfälle zu erwarten sind. Nachdem sich die Ereignisse überschlagen, beginnt die fieberhafte Suche nach Fakten, die zur Aufklärung der Ereignisse beitragen können. Während die verbliebenen Vertreter der Stifterfamilie an einer vollständigen Aufklärung interessiert sind, versuchen andere, der drohenden Gefahr zu entgehen, und intrigieren, um eine Aufklärung zu verhindern. Ein Wettlauf zwischen Gut und Böse beginnt.

Inhalt

Die Bulette

Es war die Zeit gekommen, den Erfolg zu feiern. Sie hatten sich alle im Hamburger Eliteclub versammelt. Ein beliebter Tagungsort an der Binnenalster, mitten in der Innenstadt. Der Eliteclub lag in der Nähe des Nobelhotels „Vier Jahreszeiten" und damit in einer der attraktivsten Gegenden Hamburgs. Er bot immer wieder das ideale Ambiente für eine stilvolle Party. Von der Decke hingen prunkvolle Leuchter. Die festlich dekorierten runden Tische gaben der Feier einen exklusiven Rahmen. Das Gebäude, in dem sich der Eliteclub befand, war weiß getüncht. Die Fassade glich denen der alten Herrenhäuser der Stadt und ließ die prächtige Innenausstattung nicht vermuten.

Umso erstaunter waren alle Gäste, die den Eliteclub das erste Mal betraten. Unter dem Gebäude befand sich eine geräumige Garage, sodass die meist wohlhabenden Gäste ihre Bugattis, Lamborghini, roten Ferraris und dicken Daimler darin bequem abstellen konnten. Wer kein Insider war, vermutete nicht, dass sich unter dem Gebäude die teuersten Automobile verbargen. Es war ein angenehm lauer Sommerabend zu erwarten und der Beginn der Ferienzeit stand vor der Tür. Es war wieder einmal ein Spätnachmittag am Wochenende ausgewählt worden, um möglichst die komplette Führungsmannschaft außerhalb ihrer Arbeitszeit versammeln zu können.

Geschäftstermine gingen dem privaten Vergnügen immer vor und die eigenen Bedürfnisse hatten zurückzustehen, sobald die Stiftung selbst einen Termin ansetzte.

Auch der Gastgeber und Geschäftsführer der Stiftung, Fred Schumann, hatte sein eigenes Privatleben auf ein Minimum reduziert.

Es war angenehm und sehr bequem, verheiratet zu sein und zu gesellschaftlichen Anlässen eine attraktive Frau vorzeigen zu können. Doch Fred Schumann fand nur wenig Zeit sein Leben zusammen mit seiner Frau zu verbringen. Finanziell war er dagegen immer großzügig, sodass seine Frau ihre Zeit ohne ihn sehr angenehm gestalten konnte.

Dies tat sie auch und investierte einen Teil des reichlich zur Verfügung stehenden Geldes in moderne Kleidung, Körperpflege und Schuhe. Sie konnte nur schwer an einem Schuhgeschäft vorbei gehen, ohne dieses nach einem kurzen Abstecher mit einem der modernsten und teuersten Modelle zu verlassen. In einer Großstadt wie Hamburg fiel ihre Kauflust nicht weiter auf und hatte nur zur Folge, dass Henriette Schumann von ihren Freundinnen und Bekannten wegen ihrer offensichtlichen Beliebtheit beneidet wurde.

Nur ganz wenige wussten, dass die Beliebtheit von Henriette Schumann fast ausschließlich auf ihre Kaufkraft zurückzuführen war. Die große Sympathie der Verkäufer und der herzliche Empfang in den Schuhgeschäften wirkten wie eine Droge. Die Gattin war süchtig nach der menschlichen Zuwendung, die ihr von ihrem Ehemann vorenthalten wurde. Ohne dass sie es selbst merkte, waren die Schuhe selbst zur Nebensache geworden. Im Mittelpunkt des Lebens von Henriette Schumann stand der Einkauf von

Schuhen. Es gab kaum einen Verkäufer oder Inhaber eines Hamburger Schuhgeschäftes, den sie nicht beim Vornamen kannte und zur Begrüßung freundschaftlich in den Arm nahm. Ein ganzes Zimmer des eigentlich viel zu großen Hauses der Schumanns bestand nur aus Schuhregalen.

Henriette Schumann betrat jeden Morgen in anbetungsvoller Haltung ihr eigenes kleines Schuh- Museum, um sich das geeignete Paar für den Tag auszuwählen. Sie besaß viele schlichte schwarze und braune Schuhe. Eine Wand hatte sie bewusst für die Welt der Farben reserviert. Dort konnte man auch Schuhe in den grellsten Farbtönen bewundern. Um dem Ganzen einen Kick zu geben hatte Henriette diese Schuhe nach Farben des Regenbogens aufgestellt, um sich immer wieder ganz besonders am Anblick dieser ausgefallenen Schuhauslese erfreuen zu können.

Die Schuhe waren für sie wie Kinder. Sie schimpfte mit ihnen, wenn sie verstaubt oder schmutzig waren. Einige Modelle standen bereit, um bei schlechter Laune an die Wand geworfen oder verächtlich bespuckt zu werden. Auch Kinderschuhe hatte Henriette Schumann in einem Anflug von Familiensinn gekauft und holte sie bei besonderen Familienanlässen hervor, um ihre bisher noch recht seltenen Depressionen zu pflegen. Je älter sie wurde, umso mehr begann sie zu bedauern, dass sie sich gegen eigene Kinder entschieden hatte. Das Zimmer mit den Schuhen gab einen guten Einblick in die gespaltene und unglückliche Seele einer reichen Frau. Sie musste auf keine Form des Wohlstands verzichten und war trotzdem auf eine ganz eigene Art psychisch krank.

Fred Schumann wusste, dass er sie bei diesem Schuh- Ritual am Morgen nicht stören durfte und gönnte ihr diesen kleinen Spleen. Jeder hatte sein Leben im Wesentlichen für sich allein eingerichtet, denn beide hatten es immer sehr genossen, kinderlos und damit unabhängig zu sein. Auch er hatte sich zu Beginn ihrer Ehe keine Gedanken über eigene Kinder gemacht. Ihm genügte es, Nichten und Neffen zu haben. Diese traf das Ehepaar Schumann gelegentlich bei Familienanlässen, aber wirklich Interesse am Leben der Verwandten hatten sie nie gezeigt. Dazu waren beide viel zu sehr mit sich selbst beschäftigt.

So störte es Fred Schumann auch nicht, dass seine Frau an diesem Abend einen anderen Termin vorgezogen hatte und an der Feier nicht teilnahm. Das unterwürfig dienerische Verhalten, welches ein Teil der Belegschaft ihrem Mann gegenüber zeigte, empfand die Gattin als abstoßend und es führte dazu, dass sie nur noch sporadisch an den Erfolgsfeiern teilnahm. Sie merkte nicht, dass sie dieses Verhalten der Mitarbeiter gegenüber ihrem Mann verachtete, obwohl sie sich auf ihre Weise selbst ein unterwürfig dienerisches Verhalten der Schuhverkäufer erkaufte. Nicht, dass sie ihrem Mann seine Erfolge nicht gönnte, aber nur eine unwichtige Nebenrolle zu spielen, war ihr zu wenig. So wurden mit den Jahren die gemeinsamen Auftritte zu einer Rarität.

An diesem Tag stimmte alles. Keiner der Gäste hatte auswichtigem Grund absagen müssen. Die untergehende Sonne hüllte die Stadt in ein angenehmes abendliches Licht und die Gastwirte freuten sich auf die aus der ganzen Welt eintreffenden Wochenend- und Urlaubsgäste.

Bunte Libellen spielten am Wasser mit der ihnen eigenen, schwebenden Langsamkeit. Nur die Mitarbeiter in der Gastronomie und in den Konsumtempeln der Stadt waren in geschäftiger Eile. Die Büros und Ämter hatten längst geschlossen und die Mitarbeiter waren schon am Freitag zu ihren Familien in die Stadtteile und das Umland zurückgekehrt.

Die unter der Woche stark pulsierende, geschäftige Stadt veränderte sich und konzentrierte sich nun auf die Gäste. Die Menschen freuten sich sichtlich auf Entspannung und Erholung. Das Stadtbild war nun geprägt von Touristen, die die Ausstrahlung einer der schönsten Städte Europas intensiv in sich aufnahmen. Der neu gestaltete Jungfernstieg und die Europapassage, der neueste Konsumtempel der Stadt, luden zum Bummeln ein.Die Kurfürsten Residenz, eine der teuersten und bekanntesten Seniorenresidenzen des Landes, hatte den Landeswettbewerb gewonnen, welcher unter den Seniorenresidenzen jedes Jahr neu ausgetragen wurde. Jens Müller, der Hausleiter der Kurfürsten Residenz, hatte das Kunststück fertiggebracht, dass die Kurfürsten Residenz das dritte Jahr in Folge zur modernsten und erfolgreichsten Senioren-Residenz Deutschlands gekürt worden war. Je größer solche Erfolge gefeiert wurden, umso größer war der Anreiz für die anderen Hausleitungen, sich ebenfalls durch herausragende Leistungen auszuzeichnen.

Eigentlich war der Erfolg gar nicht so groß, wie er dargestellt wurde. Die Teilnahme am Wettbewerb war mit vielen Auflagen verbunden, sodass auch eine große Belastung für die Bewohner und Mitarbeiter damit verbunden war. So gab es andere Seniorenresidenzen, die in Fachkreisen einen besseren Ruf hatten, aber am Wettbewerb nicht teilnahmen. Auch Jens Müller hätte am Landeswettbewerb nicht teilgenommen, wenn ihn Fred Schumann nicht dazu gedrängt hätte

Die Kurfürsten Residenz hatte vor einigen Jahren die Ernährung der Bewohner mit „Low Carb"- Produkten ergänzt und durch die Reduzierung der Kohlenhydrate das Übergewicht und das Risiko des Altersdiabetes unter den Bewohnern reduziert. Durch den zusätzlichen Einsatz von sogenannten „guten Fetten" in der Ernährung und eine erhöhte Mobilisation der Bewohner konnte ein überdurchschnittlich guter Gesundheitszustand bei den Senioren erreicht werden.

Fred Schumann brauchte öffentliche Erfolge für sein Ego, die er zelebrieren konnte. Die bevorstehende Feier brachte ihn deshalb in Hochstimmung.Es wäre für die Mitarbeiter nicht folgenlos geblieben, nicht zu kommen. Die Teilnahme an den Feiern des Erfolgs war obligatorisch und ein Fernbleiben war unverzeihlich. Nachdem Fred Schumann die Geschäftsführung der Stiftung über nommen hatte, herrschten eiserne Grundsätze. Die Mitarbeiter des Unternehmens waren eine Crew, wie die Besatzung eines Tankers auf hoher See.

Obwohl nicht alle Anwesenden mit der Route des Tankers einverstanden waren und viele mit dem Kapitän unzufrieden, waren sie vorsichtig genug, dies nicht öffentlich zu äußern. Jede kritische Bemerkung wäre gefährlich gewesen und endete in der Regel gnadenlos mit einer Kündigung, wenn der wiedersprechende

„Matrose" nicht vorher selbst ins Wasser gesprungen war oder ihn die Mannschaft vom Schiff geworfen hatte. Welcher Mitarbeiter hatte schon so einen festen Glauben wie der biblische Jona, dass er damit rechnen konnte, ins Wasser springend von einem großen Fisch gerettet zu werden. Fred Schumann verblüffte immer wieder durch seine Bibelkenntnisse, wenn es darum ging, Gehorsam einzufordern. So zitierte er gern den Apostel Paulus, der gesagt hatte, dass die Sklaven ihrem Herrn so treu dienen sollen wie Gott. Dies war natürlich einseitig. Er verschwieg dabei, dass der Apostel seinen Freund Philemon ans Herz legte, den Sklaven Onesimus wie einen lieben Bruder zu behandeln, obwohl er ein entlaufender Sklave war. So wurde von Fred Schumann der christliche Glaube missbraucht, damit er seine Mitarbeiter besser unterdrücken konnte. Trotz der gezielt ökonomischen Motive waren sie auch sehr schön, die Feiern des Erfolgs. Sie waren auch nichts Neues. Brot und Spiele für das Volk waren in der Geschichte den diktatorischen Herrschern immer wichtig gewesen.

Durch die Erfolgsfeiern wurde den leitenden Mitarbeitern das Gefühl der Zusammengehörigkeit vermittelt. Sie waren in einem System der Konkurrenz und des Misstrauens ein Instrument, um den sozialen Frieden zu gewährleisten. Auch in den einzelnen Einrichtungen waren Erfolgsfeiern für die Mitarbeiter ein fester Bestandteil der Personalpolitik. Auch in diesem kleinen weniger attraktiven Rahmen war Fred Schumann immer dabei, um sich selbst in Szene zu setzen.

Die Feiern an der Binnenalster waren ausschließlich nur für die Führungskräfte, die Elite der Stiftung. Fred Schumann war der typische Vertreter der Zweiklassengesellschaft. Er hatte es geschafft durch Ehrgeiz und Fleiß, beruflichen Erfolg zu haben. Dies gab ihm aus seiner Sicht das Recht auf Wohlstand und Macht. Nun war sein Lebensziel, seine Macht und seinen Wohlstand so auszubauen, dass er in die Geschichte der Stiftung und des Landes als Ausnahmepersönlichkeit würde eingehen können. Er würde dieses Lebensziel erreichen, darin war er sich ganz sicher.

Im Eliteclub der Binnenalster feierte Fred Schumann vor vielen Jahren den Abschluss seines kaufmännischen Studiums an der Universität der Bundeswehr. Er hatte sein Studium mit Auszeichnung abgeschlossen und gehörte zu den zehn besten Absolventen seines Jahrgangs. Obwohl dieses Erfolgserlebnis schon Jahrzehnte zurücklag war es für ihn etwas ganz Besonderes zum Kreis der begabtesten Menschen der Stadt Hamburg zu gehören. Der Eliteclub symbolisierte diesen Status und wurde deshalb von ihm für alle Feiern des Erfolgs bevorzugt. Fred Schumann war stolz auf sein Studium und betonte immer wieder seine Überzeugung, dass die Universität der Bundeswehr gerade zu seiner eigenen Studienzeit über ideale Bedingungen für die Ausbildung von Elite-Managern verfügte.

Damals gab es aus seiner Sicht noch unter den Dozenten und Studenten ein ausgeprägtes Hierarchiedenken und die Herausbildung einer Elite wurde hierdurch begünstigt.

Für Fred Schumann war es nicht nur eine besondere Ehre zur Elite der Stadt zu gehören, sondern auch eine Verpflichtung den

beruflichen Erfolg mit allen zur Verfügung stehenden Mitteln anzustreben. Den Wert eines Menschen beurteilte Fred Schumann
nach dessen beruflichen Erfolg und seinen intellektuellen Fähigkeiten. Aus einfachen bürgerlichen Verhältnissen stammend
liebte er die finanzielle Unabhängigkeit und bewunderte Menschen, die selbstsicher und unabhängig auftraten. Erst die Bildung
und der wirtschaftliche Erfolg machten das Leben lebenswert. Die
Gesellschaft begegnete gebildeten und erfolgreichen Menschen
mit großem Respekt. Auch Fred Schumann liebte es, respektiert
und geachtet zu werden.

So war Fred Schumann in seiner bisherigen beruflichen Laufbahn für seine Vorgesetzten stets ein loyaler und höriger Mitarbeiter gewesen. Hierdurch arbeitete er sich Stufe um Stufe in der
Karriereleiter nach oben. Nun, nachdem er selbst an der Macht
war, erwartete er ganz selbstverständlich von seinen Mitarbeitern das gleiche widerspruchlose loyale Verhalten. Daraus leitete
er auch einen hohen Leistungsanspruch an die Mitarbeiter ab,
denn auch der Wohlstand des Managements musste von der Belegschaft erarbeitet werden.

Doch der Arbeitswille allein reichte nicht aus. Wenn sich ein
erfolgloser Mitarbeiter damit zu entschuldigen versuchte, dass er
sich die größte Mühe gegeben hätte, wurde er von Fred Schumann gerügt und getadelt mit den Worten: „ Dass Sie sich Mühe
geben und anstrengen, ist für mich selbstverständlich, aber dies
reicht nicht aus, allein der Erfolg zählt."

Nur der Erfolg war bei Fred Schumann wichtig und dieser Erfolg machte nur dann richtig Spaß, wenn er regelmäßig gefeiert

wurde. Seit Fred Schumann die Geschäftsführung übernommen hatte, war das Feiern von Erfolgsfesten zu einem Teil der Unternehmenskultur geworden. Die Journalisten der Lokalpresse wurden zu solchen Anlässen eingeladen, denn eine gute Öffentlichkeitsarbeit bildete die Grundlage für den wirtschaftlichen Erfolg. Gut informierte und satte Journalisten waren leicht zu steuern.

Fred Schumann war arrogant genug, um in seinen öffentlichen Auftritten einen besonderen Lebensgenuss zu sehen und den Auftritt an diesem Abend genoss er sichtlich. Dies konnte man an seinem strahlenden Gesicht ablesen. Dass es auch den anwesenden Journalisten gefiel, in den Erfolg einbezogen zu werden, merkte man unter anderem an der stets wohlwollenden Berichterstattung.

Einige der Journalisten konnten ihren Wohlstandsbauch nur noch schwer durch einen breiten Gürtel im Zaum halten und die Journalistinnen hatte nicht weniger Mühe, die bei den zahlreichen Feiern zugelegten Rundungen durch weite Kleidung zu überspielen.

Zu den Erfolgsfeiern gehörte auch eine Tombola mit wertvollen Preisen. Das für die verkauften Lose eingenommene Geld war stets für einen werbewirksamen sozialen Zweck bestimmt. Da Fred Schumann letztlich über die Verwendung bestimmte, wurden die Einnahmen auch öfter zweckentfremdet und dafür genutzt, unerwartete Löcher im Haushalt zu stopfen. Die von örtlichen Unternehmen gestifteten Preise räumten in der Regel hauptsächlich die Journalisten ab, deshalb freuten sich diese besonders auf die Tombola. Wie Fred Schumann die Manipulation zu Gunsten der Journalisten immer wieder neu gelang, wussten selbst seine engsten Mitarbeiter nicht.

Dass eine Manipulation vorlag, war aufgrund der Häufigkeit der Journalistengewinne offensichtlich. Bei den Mitarbeitern der Stiftung hatten die Journalisten aus diesem Grund seit längerem den Spitznamen „Tombolaner". Nachdem alle für Fred Schumann wichtigen „Tombolaner" eingetroffen waren, konnte die Feier der Stiftung beginnen. Fred Schumann ergriff das Mikrofon und nannte mit sichtlicher Genugtuung die Eckpunkte des Erfolgs:

„Nachdem die Geißel des Tarifvertrags des öffentlichen Dienstes durch einen Haustarif ersetzt wurde, konnten die Personalkosten wesentlich gesenkt werden. Gleichzeitig ist es mir gelungen in der Umstellungsphase Mitarbeiter neu zu motivieren. Leider haben sich einige Mitarbeiter der notwendigen Modernisierung in den Weg gestellt. Durch ihre kleinkarierte Engstirnigkeit waren sie nicht mehr in der Lage die Erfordernisse des Marktes zu erkennen. Diese Mitarbeiter haben mich viel Kraft gekostet. Ich hätte meine Zeit lieber damit verbracht die Stiftung auf ihrem Erfolgskurs noch weiter voranzubringen. Da ich ein sehr großherziger Mensch bin und versuche, möglichst alle in den Erfolg mit einzubinden habe ich bis zuletzt die Hoffnung nicht aufgegeben alle überzeugen zu können. Ich bin dafür bekannt, immer Win-win-Situationen anzustreben, damit sich auch die Verlierer noch als Gewinner fühlen oder als Sieger ausgeben können. Aber auch meine Kraft ist begrenzt, sodass ich zum Schluss doch in ganz wenigen Fällen einer Trennung ins Auge sehen musste. Nach intensiven Gesprächen war es jedoch zumindest möglich sich von diesen

Mitarbeitern einvernehmlich und sozialverträglich zu trennen. Unser Unternehmen wurde durch die eingeleiteten Maßnahmen wieder zukunftsfähig. Mein Unternehmensziel war es immer, Menschen Arbeit und damit Würde zu geben und hilfebedürftigen Menschen zu dienen.

Für eine gute Sache müssen auch immer wieder Opfer gebracht werden. Sehr bedauerlich ist es für mich, wenn Mitarbeiter von ökonomisch sinnvollen Maßnahmen nicht überzeugt werden können, nur weil ein Einkommensverzicht mit diesen Maßnahmen verbunden ist. Viele haben noch nicht begriffen, dass wir unser hohes Wohlstandsniveau in Deutschland nicht auf die Dauer in der jetzigen Form halten können. Ich trenne mich nur ungern von Mitarbeitern, weil mir das Wohl jedes Einzelnen und seiner Angehörigen wichtig ist. Ich leide sehr darunter, wenn das Einkommensniveau gesenkt werden muss, und mache mir solche Entscheidungen nicht leicht, aber der Unternehmenserfolg gibt mir Recht. Erfolgsfeste, wie wir heute eines feiern, bestätigen mir, dass mein Kurs richtig ist. Es ist mein Erfolg und es ist Ihr Erfolg, denn Sie haben ihren Beitrag dazu geleistet."

Fred Schumann machte eine Pause und die Mitarbeiter wussten, dass sie jetzt aufgefordert waren, anhaltend Beifall zu klatschen. Fred Schumann genoss die Anerkennung und wartete geduldig, bis er fortfahren konnte. Seine Wangen waren gerötet und seine Augen strahlten mit sichtlicher Befriedigung. Nachdem er den Rausch des Erfolgs noch einige Sekunden ausgekostet hatte, fuhr er fort:

„In den letzten Jahren wurden die gesellschaftlichen Rahmenbedingungen leider immer schlechter, sodass wir die Servicequalität in den Einrichtungen geringfügig reduzieren mussten, um die sinkenden Einnahmen auszugleichen. Durch die Globalisierung stehen wir immer mehr in der Konkurrenz zu billigen Arbeitskräften aus unseren Nachbarländern. Billige Arbeitskräfte arbeiten für wenige hundert Euro und freie Kost und Unterkunft im Monat sieben Tage in der Woche und dies rund um die Uhr.

Im Vergleich dazu leben unsere Mitarbeiter auch heute noch unter nahezu paradiesischen Arbeitsbedingungen. Trotz dieser Marktveränderungen ist es mir durch den Haustarif gelungen, Entlassungen in den meisten Unternehmensbereichen zu vermeiden. Auch die Mitarbeiter, deren Realeinkommen gesunken ist, können dankbar sein, dass sie trotz der Globalisierung ihren Arbeitsplatz nicht verloren haben. Schwierige Zeiten bringen es manchmal mit sich, dass auch die Mitarbeiter schmerzhafte Opfer bringen müssen. Unter den heutigen, immer schwieriger werdenden Marktbedingungen schwarze Zahlen zu schreiben und gleichzeitig einer der Marktführer der Branche zu bleiben, ist ein sehr hoch gestecktes Ziel. Dieses Ziel habe ich konsequent verfolgt und sehe mich durch das Betriebsergebnis bestätigt. Heute feiern wir nun, dass die Kurfürsten Residenz zum dritten Mal in Folge den Landeswettbewerb gewonnen hat. Ohne meine konsequente Modernisierung der Stiftung und natürlich auch ohne den großen Einsatz der Hausleitung und der Mitarbeiter der Kurfürsten- Residenz, könnten wir heute diesen Erfolg nicht feiern."

Es war typisch für Fred Schumann, dass er zuerst einen eigenen Anteil am Erfolg hervorhob, bevor auch andere Lob bekamen. Dass trotz des wirtschaftlichen Erfolgs die unteren Lohngruppen weitere Einbußen hinnehmen mussten und nur leitende Mitarbeiter großzügig davon profitierten, störte ihn nicht. Im Gegenteil, er wurde nicht müde zu betonen, dass jede, auch die schlecht bezahlte Arbeit, ihre Würde hat.

Aus seiner Sicht waren steigende Einnahmen allein seiner Führung zu verdanken und mussten hauptsächlich der Vergrößerung seines persönlichen Vermögens dienen.

Bedauerlicher war aus der Sicht von Fred Schumann nur, dass der Rest des Vorstands nicht immer wie gewünscht mitspielte und zu großzügige und zu üppige Gehaltserhöhungen für ihren Geschäftsführer verhinderte. Dies führte dazu, dass er seinen Mitarbeitern noch weniger gönnte, als er dies ohnehin schon tat.

„In unserem inzwischen auf die stattliche Anzahl von zwölf Pflegeeinrichtungen angewachsenen Seniorenbetreuungsbereich können sich alle Mitarbeiter ein Beispiel an der Kurfürsten Residenz nehmen. Besonders spreche ich dabei das Management an, denn Sie, als leitende Mitarbeiter müssen den Erfolgsweg vorgeben, damit wir noch viele Feste feiern können. Lassen Sie sich inspirieren und nutzen Sie das heutige Fest auch, um mit den Kolleginnen und Kollegen der Kurfürsten Residenz ins Gespräch zu kommen und von ihnen zu lernen", fuhr Fred Schumann fort und signalisierte damit, dass bei allen Feierlichkeiten das Geschäftsinteresse den Vorrang behalten sollte.

Nur wenige Mitarbeiter hatten sich der neuen Unternehmens-philosophie in den Weg gestellt. Fred Schumann beherrschte das strategische Mobbing in Perfektion. Seine Gegner verließen in der Regel schon nach kurzer Zeit zermürbt die Stiftung, um in einer neuen Aufgabe ihr Glück zu finden. Der Weg war damit frei für ein streng autoritäres Management.

Der nachhaltige Unternehmenserfolg konnte nach der Über-zeugung von Fred Schumann nur noch eine Frage der Zeit sein. Nach seiner Auffassung waren die meisten Mitarbeiter schon im-mer träge und faul gewesen und verfügten über einen begrenzten Horizont. Wenn Mitarbeiter anfingen, selbstständig zu denken, dann verzögerte dies nur unnötig den Fortschritt. Denn der ra-sante Fortschritt in der globalisierten Welt würde immer wieder seine Opfer fordern, davon war er fest überzeugt.

Deshalb war es nicht sinnvoll über vergangene Zeiten nachzu-denken. Seine Gedanken waren auf eine erfolgreiche Zukunft ge-richtet und der Erfolg der Kurfürsten- Residenz war sein Erfolg, den es nun gebührend zu feiern galt. Vielfältige Leckereien und natürlich auch ausreichend alkoholische Getränke waren bereit-gestellt. Das Fest konnte beginnen.

„Stoßen Sie nun mit mir Ihr Glas auf den Erfolg des vergange-nen Jahres an", forderte der Geschäftsführer die versammelten leitenden Mitarbeiter auf. Die Mitarbeiter befolgten die Auffor-derung mit Freude. „Das Buffet ist eröffnet", sprach er und nahm zur Eröffnung eine Bulette vom Feinschmeckerbuffet, um genuss-voll hinein zu beißen. Zu spät bemerkte Fred Schumann den un-angenehmen fettigen Geruch, welcher von der Bulette ausging.

Hastig spülte er mit Sekt nach und versuchte den aufkommenden Brechreiz zu unterdrücken.

„War es eine Strafe für die Entlassung des erfahrenen Küchenchefs oder handelte es sich um einen Giftanschlag eines enttäuschten Mitarbeiters?", schoss es ihm durch den Kopf. Doch es war zu spät, denn der geschluckte Bissen von der Bulette hatte in seinem Körper eine Explosion ausgelöst. Sein Magen verkrampfte sich und die Brust zog sich schmerzhaft zusammen. Die Umgebung verschwamm vor seinen Augen und der Kreislauf versagte. Bevor jemand zu Hilfe kommen konnte, stürzte Fred Schumann und fiel auf den Boden.

Auf die Jubelstimmung folgte die Stille des Entsetzens. Alle hatten gelernt auf ein Zeichen des Geschäftsführers zu warten. Eigene Entscheidungen wurden vermieden, denn jeder wollte möglichst keine Fehler machen.

„Ist hier ein Arzt?", meldete sich eine Kellnerin, nach viel zu langen Sekunden fast unerträglicher Ruhe, zu Wort.

Eine große Hektik vertrieb die entsetzte Stille. Einige Mitarbeiterinnen bemühten sich um den zusammengebrochenen Geschäftsführer. Nachdem sich die Journalisten vom ersten Schreck erholt hatten, griffen sie zu ihren Kameras. Die Szene wurde durch die Blitzlichter der Journalisten in ein bizarres Licht gehüllt. Fred Schumann bekam nun auch in der Not die Aufmerksamkeit der Presse. Doch diesmal war es ihm nicht vergönnt, diese Zuwendung genießen zu können.

Durch die Journalisten, die über ihr iPhone auch die in der Nähe liegenden Rettungsleitstelle informierten, kam es nach wenigen Minuten zu einem spektakulären Einsatz der Rettungskräfte und des Notarztes. Die Sanitäter verrichteten ihre Arbeit professionell und ließen sich zunächst von den Fotografen nicht beeindrucken. Jens Müller, der Hausleiter der Kurfürsten Residenz, ergriff die Initiative und forderte die Journalisten mit lauter Stimme auf das Fotografieren einzustellen. Die Blitze wurden weniger und die Helfer konnten jetzt ungestörter ihre Arbeit tun.

Der gerufene Notarzt stellte Herz- und Atemstillstand fest. Er begann sofort damit zu reanimieren. Die Wiederbelebungsversuche blieben ohne Erfolg. Fred Schumann wurde von der Bulette, deren Namen aus dem Französischen kommt und es ist makaber- „die Kugel" heißt, mitten aus dem Leben gerissen.

Die Bulette, sonst eine ungefährliche Kugel, war in diesem Fall tödlicher als eine Bleikugel, die ihr Opfer oft nur schwer verletzt zurücklässt. Hatte jemand ganze Arbeit geleistet und den Geschäftsführer vergiftet oder war der Geschäftsführer Opfer der eigenen Lebensweise geworden? Fragen konnte man Fred Schumann nicht mehr. Vielleicht würde eine Obduktion Licht in das Dunkel bringen, falls der Arzt keinen natürlichen Tod attestieren konnte.

Der Tanker hatte seinen Kapitän endgültig verloren. Fassungslos verließen die meisten der geladenen Gäste den Club. Die Journalisten eilten in ihre Redaktionen, um die Sensation für die Sonntagsblätter und die anderen Medien wirkungsvoll aufzuarbeiten. Die Nacht war angenehm warm, obwohl sich die Sonne schon verabschiedet hatte. Der Appetit war den Journalisten vergangen. Es war schade um das leckere Essen. Das Buffet blieb unbeachtet und ein Großteil der köstlichen Lebensmittel würde wohl ein Festmahl für die Schweine werden.

Die Mitarbeiter der Stiftung waren mit ihren eigenen bedrückten Gedanken beschäftigt. Wer wird das Unternehmen leiten können? Werden alte unterdrückte Feindschaften wieder aufbrechen? Die leitenden Mitarbeiter hatten, obwohl ihnen dies schwerfiel, einige zweifelhafte Entscheidungen mitgetragen. War es möglich, alle Spuren eigener Mittäterschaft zu verwischen? Würde Vergangenes wieder an das Tageslicht gezerrt werden? Wie werden jetzt die einzelnen Bereichsleitungen mit der Situation umgehen?

Das bisherige Berufsleben war plötzlich in Frage gestellt, die gewohnte Sicherheit vorbei. Viele hatten sich danach gesehnt, nicht mehr unter Fred Schumann und seinem autoritären Führungsstil leiden zu müssen, aber sie hatten unterschätzt, wie unselbstständig sie durch die Zeit unter ihrem Geschäftsführer geworden waren. Und noch eine andere Frage bewegte alle scheidenden Gäste. Handelte es sich um einen Unglücksfall, war die Bulette verdorben oder sogar vergiftet?

Wenn sie vergiftet war, war die Frage: Wer war der Täter? Waren vielleicht noch mehr Personen in Gefahr? Viele Fragen türmten sich auf und würden vermutlich noch längere Zeit unbeantwortet bleiben.

Beim Eliteclub war inzwischen die Ehefrau des toten Geschäftsführers eingetroffen. Henriette Schumann war als stolze und verwöhnte Dame bekannt. Sie war nicht gewohnt mit Problemen konfrontiert zu werden, da ihr Ehemann für ein sorgenfreies Leben im Luxus gesorgt hatte. Auch war sie gewohnt, dass er auftretende Schwierigkeiten stets aus dem Weg räumte. So war es nicht erstaunlich, dass sie sich mit der ungewohnten Situation überfordert fühlte. Sie zeigte echte Bestürzung und war entsetzt, aber weniger, weil sie ihren Mann geliebt hatte, sondern weil sie ihr bisher sorgenfreies Leben gefährdet sah.

Insgeheim war ein Anflug von Freude jedoch bei ihr unverkennbar, als sich der Gedanke in ihrem Kopf breitmachte, nun über das umfangreiche Vermögen ihres Mannes frei verfügen zu können. Obwohl dies nicht in die Situation passte, dachte sie zuerst an ihre Schuhsammlung. Endlich konnte sie diese Sammlung großzügig erweitern, denn ihr Mann würde in Zukunft kein Arbeitszimmer mehr benötigen. Wie schön war die Vorstellung, ungehindert durch die Einkaufszentren schlendern und einen weiteren Raum des Hauses mit den neuesten Schuhmodellen zu füllen.

Die erwartungsvollen Gesichter der verbliebenen Gäste holten sie jedoch schnell wieder in die Wirklichkeit zurück. Es gelang ihr eine bestürzte Mine beizubehalten und die nach dem ersten Schock aufkeimende Freude zu unterdrücken.

Ihre exponierte Stellung in der gehobenen Gesellschaft erforderte jetzt ein besonnenes Handeln. Eine der beruflichen Stellung würdige Beerdigung war zu organisieren. Mit der Arbeit der Stiftung wollte sie nichts zu tun haben. Mit dem Tod des Gatten war dessen Berufsleben für sie abgeschlossen.

Henriette Schumann nahm ihr stets griffbereites iPhone und beauftragte den Bestatter der Familie ihren verstorbenen Gatten abzuholen und eine würdige Trauerfeier vorzubereiten. Erstaunt wurde sie sich bewusst, dass durch den Tod ihres Gatten eine Last von ihr abfiel.

Zunächst war es eine Form von Liebe gewesen, die sie mit ihrem Ehemann verband, doch schnell waren die Gefühle erkaltet. Fred Schumann hatte kein tiefes menschliches Interesse an seiner Frau. Ob seine Frau glücklich war oder nicht, das war ihm egal. Sein Interesse war auf eine rein körperliche und berufliche Bedürfnisbefriedigung ausgerichtet. Doch seine sexuellen Bedürfnisse flammten eher selten auf und die beruflichen Termine, für die er auf die Begleitung seiner Ehefrau bestand, waren im Lauf der Jahre auch immer weniger geworden. So war es nicht verwunderlich, dass die Liebe, sofern es sie einmal gab, längst erkaltet war. Nun lag der kalte Körper eines für sie inzwischen ziemlich entfremdeten Menschen vor ihr. Sie spürte das dringende Bedürfnis, aus der unangenehmen Situation zu entfliehen.

Doch dies sollte ihr nicht vergönnt sein. „Leider ist es für mich nicht möglich eine eindeutige Todesursache festzustellen", wandte sich der geduldig abwartende Notarzt an Henriette Schumann. „Ich habe meinen Kollegen von der Gerichtsmedizin verständigt, diese werden gleich hier sein und den Fall übernehmen. Die Kollegen werden entscheiden, ob eine Obduktion erforderlich ist, und ihrem Bestattungsunternehmen sagen, wo sie den Leichnam abliefern sollen. Es tut mir leid für Sie, aber die Umstände des Todes sind zu ungewöhnlich und es wäre fahrlässig, die Todesursache nicht festzustellen. Es handelt sich um eine reine Routine. Bitte seien sie unbesorgt!"

Diese Nachricht ließ die angeschlagene Ehefrau in Tränen ausbrechen. Nur mühsam gelang es dem Notarzt, sie wieder zu beruhigen. Sie mussten nicht lange auf die gerufenen Mitarbeiter der Kriminalpolizei warten und Henriette Schumann hatte schnell die Gewissheit, dass eine Obduktion tatsächlich nicht zu vermeiden war. Die wenigen Worte, die sie mit dem nach kurzer Zeit eintreffenden Bestatter wechselte und der schnelle Abgang wirkten auf die noch verbliebenen Gäste wie eine Flucht. Henriette Schumann war es gewohnt aus unangenehmen Situationen zu fliehen. So war es auch jetzt nur logisch den Schauplatz des schrecklichen Geschehens im Laufschritt zu verlassen.

Fred Schumann hatte seine Angestellten in der Regel beherrscht und manipuliert. Nach seinem Tod war die Erleichterung deutlich zu spüren und die Trauer hielt sich in Grenzen. Er gehörte zu den Machtmenschen, die ein Vakuum hinterlassen, das zu einer Situation der Verunsicherung führt. Das betretene Schweigen, das nach dem schnellen Abgang von Henriette Schumann eingetreten war, wurde durch hektische Aufräumarbeiten abgelöst. Jeder der noch anwesenden Personen wollte den Ort des unangenehmen Geschehens möglichst schnell verlassen, um seine Gefühle zu sortieren und wieder festen Boden unter den Füßen zu bekommen.

Der nächste Tag begann mit einer Sondersitzung der Stiftung. Die Verwaltung der Stiftung war in einem alten Hamburger Herrenhaus untergebracht. Das Gebäude hatte hohe Räume und beherbergte großzügig geschnittene Büros. Die Stiftung hatte vor einigen Jahren einen Fahrstuhl einbauen lassen, damit auch die zahlreichen älteren Kunden der Stiftung bequem alle Verwaltungsräume erreichen konnten.

Der Vorsitzende des Stiftungsvorstandes hatte auf dem tragischen Todesfall sofort reagiert und allen Vorstandsmitgliedern eine dringliche Einladung per E- Mail oder WhatsApp zusenden lassen.

Einziger Tagesordnungspunkt für die Sondersitzung des Vorstandes bestand in der Besprechung der Folgen des plötzlichen Todes von Fred Schumann. Neben den zutreffenden Sofortmaßnahmen war ein geschlossenes Auftreten des Vorstandes in der Öffentlichkeit wichtig. Alle Vorstandsmitglieder mussten auf dem gleichen Informationsstand sein. Für den Vorsitzenden Klaus Sandershausen war es eine der schwierigsten Situationen in seiner Tätigkeit für die Stiftung. Er war Inhaber einer kleinen Privatbank und bisher selten mit Krisensituationen konfrontiert.

In der Vergangenheit konnte er sich in allen schwierigen Situationen auf die Professionalität des Geschäftsführer Fred Schumann verlassen und hatte sich im Wesentlichen darauf konzentriert ihn in rechtlichen und finanziellen Unternehmensentscheidungen zu beraten und bei Bankgeschäften vor Fehlern zu bewahren. Es war natürlich auch Klaus Sandershausen bekannt, dass Fred Schumann nicht unumstritten war. Als Diplom Kaufmann mit verhaltenspsychologischer Zusatzqualifikation konnte Fred Schumann zwei Charakterprofile in einer Person vereinen. Er war einerseits sanfter Verhaltenstherapeut, aber auch andererseits ein knallharter, rücksichtsloser Kaufmann und Ökonom. Wer sich Fred Schumann in den Weg stellte, der wurde mit allen Facetten der Macht konfrontiert.

Klaus Sandershausen wusste seine psychologischen Fähigkeiten für die Durchsetzung der Unternehmensinteressen zu schätzen, aber manchmal war der Geschäftsführer ihm unheimlich und je mehr er um seine Methoden wusste, hatte ihm sein Geschäftsführer auch etwas Angst gemacht. Nun war die Laufbahn von Fred Schuhmann abrupt zu Ende. Der Stiftungsvorsitzende Klaus Sandershausen hatte einen Geschäftsführer verloren, aber nicht wirklich einen Freund. Er war erstaunt, wie wenig ihn der Tod emotional betroffen machte. Jedoch war die bisher verdrängte innere Angst vor seinem Geschäftsführer trotz dessen Tod geblieben. Würde nach dem Tod von Fred Schumann aus dessen Vergangenheit etwas ans Licht kommen? Konnte das berufliche Erbe von Fred Schumann so eine Zeitbombe werden?

Welche „Leichen" hatte er im Keller, von denen für die Stiftung und ihren Vorsitzenden eine Gefahr ausgehen könnte? Dies waren Sorgen, über die er mit seinen Vorstandskollegen nicht reden konnte, die aber sehr berechtigt waren, wie sich bald herausstellen sollte.

Alle waren bei der Sondersitzung anwesend, denn der Vorsitzende hatte ausdrücklich darauf bestanden den ganzen Vorstand informieren zu können. Durch ein geschlossenes und einheitliches Auftreten der Führungsriege sollte kein Zweifel daran aufkommen, dass auch in der Zeit nach Fred Schumann der Kurs der Stiftung der Gleiche sein würde. Klaus Sandershausen war nicht nur ein Bankier, sondern auch ein begabter Rechtsanwalt. Als Mitinhaber seiner kleinen Hamburger Privatbank war er finanziell unabhängig. Seine hauptberufliche Tätigkeit für die Bank füllte einen Großteil seiner Zeit.

Er hatte sich in den Vorstand der Stiftung wählen lassen, damit seine Bank durch sein soziales Engagement ein positives Image in der Öffentlichkeit gewann. Seine Bank war dafür bekannt, dass sie die Gelder der Kunden überwiegend in sichere Geldanlagen investierte und gefährliche Börsenspekulationen vermied. Hierdurch hatte die Bank vor allem seriöse Kunden und wurde in der Regel auch von den Senioren geschätzt, die kein Risiko eingehen wollten, das mühsam ersparte Vermögen zu verlieren. Die Senioren verzichteten lieber auf ein paar Prozent Kapitalvermehrung und legten ihr Geld bei einer konservativen Bank an.

Somit passte die Privatbank von Klaus Sandershausen hervorragend zu den Geschäften der Stiftung. Durch seinen Beruf hatte er direkten Zugang in die Chefetagen der Finanzwelt und war deshalb schnell in die Position des Vorsitzenden gerückt. Klaus Sandershausen war mit einer Körpergröße von fast zwei Metern sehr lang geraten. Er war hierdurch auch körperlich der Primus inter Pares. Als Junggeselle war er nur mit seinem Beruf verheiratet, aber er kam mit der Rolle des Einzelkämpfers so gut zurecht. Jetzt, nachdem er die Vierzig überschritten hatte, kam ab und zu der Wunsch nach einem normalen Familienleben auf, aber die richtige Partnerin hatte er bisher noch nicht gefunden. Vor einem Jahr hatte er begonnen, in der Tanzschule Gesellschaftstänze zu lernen, um in ungezwungener Atmosphäre eine Partnerin zu finden. Als Nebenwirkung erhoffte er sich durch das Tanzen eine Verkleinerung seines Wohlstandsbauchs und eine Senkung seines Blutdrucks.

Seine Tanzpartnerin war durchaus attraktiv, aber zu einer emotionalen Annäherung war es bisher noch nicht gekommen. Vielleicht langweilte sie sich, weil er meist von seinem Beruf erzählte oder er war einfach nicht ihr Typ. Klaus Sandershausen wartete auf eine passende Gelegenheit, um sie zu einem privaten Treffen außerhalb des Tanzsportes einzuladen. Nach einem Jahr fand er, dass es an der Zeit war, sich näher zu kommen. Da er kein großes Geschick für den Umgang mit dem weiblichen Geschlecht besaß, verschob er das Date Woche um Woche und tröstete sich mit der Hoffnung auf eine Initiative ihrerseits.

Ursprünglich waren im Vorstand sechs Mitglieder. Neben Klaus Sandershausen, als Vorsitzendem, und dem Geschäftsführer Fred Schumann, war Diplom- Kaufmann Harry Eisele seit zehn Jahren stellvertretender Vorsitzender und damit der zweite Mann in der Stiftung. Als Teilhaber einer mittelmäßig erfolgreichen Unternehmensberatung war der gelernte Betriebswirt für die Beratung und das Controlling in der Stiftung einer der Pfeiler für den wirtschaftlichen Erfolg. Harry Eisele hatte eine Familie, die ihm immer wieder Sorgen bereitete. Er ging im privaten Bereich lieber den Problemen aus dem Weg und verdrängte seine Probleme in der Familie, in dem er sich mit Arbeit überhäufte. So galt er bei vielen als ein Arbeitstier und als raffgierig. Es war, ähnlich wie bei Fred Schumann, seine Art der Problembewältigung, sich mit Geld von den Beziehungsansprüchen seiner Familie freikaufen zu wollen. Sein Äußeres war eher unscheinbar, sein Körper schmächtig und seine frühere Haarpracht war einer Glatze gewichen. Dies war aber für einen Mann in der Mitte der Fünfzig kein Problem.

Sein stets ernstes Gesicht war noch um eine Idee ernster geworden, seit Fred Schumann nicht mehr lebte.

Harry Eisele lebte seit fast drei Jahrzehnten in Hamburg. Nur sein Name verriet, dass er ursprünglich aus dem Schwabenland stammte. Er hatte seinen Dialekt abgelegt und sich der Hamburger Sprechweise zu hundert Prozent angeglichen. Nur die Genauigkeit in der Aufgabenerfüllung und das Bedürfnis, reich zu werden, passten noch zu seiner Herkunft. Er hatte inzwischen den angestrebten Wohlstand erreicht und besaß das für Schwaben obligatorische Haus und dies dazu noch in gehobener Ausstattung.

Auf Harry Eisele und sein Fachwissen konnten sich die anderen Mitglieder des Stiftungsvorstands zu hundert Prozent verlassen.

Eine gute Ergänzung zum rechtlichen und ökonomischen Fachwissen des Vorsitzenden und seines Stellvertreters stellte der gelernte Mediziner Professor Dr. med. Heinrich Schmidt da. Die Zusammenarbeit zwischen Klaus Sandershausen, Harry Eisele und Professor Heinrich Schmidt war fast immer reibungslos, da sie ähnliche Positionen zu ethischen und ökonomischen Fragen einnahmen. Professor Dr. med. Heinrich Schmidt mit dem Spezialgebiet Sozialwissenschaften verfügte über das Fachwissen im Kerngeschäft der Stiftung, der Betreuung und der Erhaltung der Gesundheit und der Pflege von Senioren. Er trug in der Regel Maßanzüge und kombinierte diese je nach Anlass mit einer bunten Fliege. Krawatten fand er unausstehlich. Er liebte es, gut gekleidet zu sein. Selbst im privaten Bereich war für ihn Freizeitkleidung keine Alternative. Seine Freunde sprachen hinter seinem Rücken davon, dass er wohl auch mit einem Maßanzug ins Bett gehen würde.

Nur seine Frau und seine wechselnden Geliebten wussten, dass er, wie alle anderen, zum Schlafen einen bequemen Pyjama trug.

Vervollständigt wurde das frühere Sextett durch Vera Kallenbach, Sozialökonomin und Pflegefachkraft, hauptamtliche Leiterin der Pflegedienste in der Stiftung und Manuel Pauli, einem Sparkassenbetriebswirt, der als Verwaltungsleiter in der Stiftung tätig war. Vera Kallenbach war Single. Die äußerst attraktive Blondine wusste um ihre Wirkung auf Männer und hatte ihr Äußeres stets für ihre beruflichen Ziele genutzt. Wenn ein Mann sie beruflich nicht weiter nach oben bringen konnte, dann hatte sie ihn stets kalt abserviert. Nachdem sie im Management angekommen war, brauchte sie keinen Mann mehr. Männer waren hilfreich auf dem Weg zum Erfolg. Für eine erfolgreiche Arbeit im Beruf war ein Mann eher hinderlich und Kinder kamen für Vera Kallenbach nicht in Frage. Bei Anflügen von Sentimentalität war es Vera Kallenbach immer möglich eine kurze Episode mit einem attraktiven Mann zu haben. Eine solche Beziehung musste aber zeitlich begrenzt bleiben. So gönnte sie sich ab und zu im Urlaub eine kurze heftige Liebesbeziehung, um sich selbst die eigene Attraktivität zu beweisen. Als hoch intelligente und wortgewandte Frau konnte sie sich bei ihren männlichen Vorstandskollegen gut durchsetzen, obwohl sie die bisher einzige Frau im Vorstand war.

Manuel Pauli war ein warmherziger Familienmensch. Niemand konnte sich seiner positiven Ausstrahlung entziehen und alle schätzten seine stets korrekte Arbeitsweise. Manuel Pauli hatte nicht nur einen sportlichen, athletischen Körper, sondern war auch ausgesprochen musikalisch.

Bei Veranstaltungen und Feiern überraschte er mit Klaviermusik und selbst komponierten Songs die Gäste. Er pflegte regelmäßigen Kontakt zu den größten Geldgebern in der Stiftung, zur Stifterfamilie.

Gelegentlich war bei Sondersitzungen auch die Vertreterin der Stifterfamilie, Gräfin von Fallersleben, anwesend. Gräfin von Fallersleben war eine elegante Dame fortgeschrittenen Alters. Sie wohnte in ihrem Landsitz im Herzogtum Lauenburg und eine Teilnahme an einer Vorstandssitzung war für sie mit einer größeren Fahrstrecke verbunden. Diese Anstrengung mutete man ihr nur in wichtigen Ausnahmefällen zu. Im Wesentlichen ist das Herzogtum Lauenburg der Teil des historischen Herzogtums Sachsen- Lauenburg nördlich der Elbe. Die Stiftung hatte der Gräfin viel zu verdanken. Sie war selbst viele Jahrzehnte im Vorstand der Stiftung und schon früher immer ein Garant für deren soziale Ausgewogenheit gewesen. Bei der Gräfin war Geldmangel nie ein langjähriges Problem. Selbst in den ausweglosesten Situationen war es ihr immer gelungen, neue Geldgeber zu finden oder die Öffentlichkeit für eine Spendenaktion zu gewinnen.

Klaus Sandershausen hatte bei dieser ersten Sondersitzung nach dem Tod von Frieden Schumann darauf verzichtet, die Gräfin einzuladen, da er befürchtete, dass sie in der aktuellen Krisensituation den Eindruck gewinnen könnte, der Vorstand hätte das Geschehen nicht im Griff. Es war ihm daran gelegen, dass die Förderer und Geldgeber der Stiftung nicht verunsichert werden.

Klaus Sandershausen hatte seinen Platz an der Stirnseite des aus massivem Eichenholz gefertigten Sitzungstisches eingenommen. Links und rechts von ihm saßen Harry Eisele und Professor Dr. med. Heinrich Schmidt.

Wie in der Vergangenheit fast immer, wurden die drei genannten Vorstandsmitglieder vom pünktlich um 17:00 Uhr zur festgesetzten Sitzungszeit eintreffenden Manuel Pauli begrüßt. Die vier Männer waren es gewohnt, meistens auf Vera Kallenbach warten zu müssen. Diese genoss es sichtlich, durch ihren späten Auftritt die Blicke der Männer auf sich zu ziehen und die ganze Aufmerksamkeit zu bekommen. Selbst zum jetzigen traurigen Anlass machte sie von ihrer Gewohnheit des späten Auftritts keine Abstriche. Sie kam eine Viertelstunde nach Manuel Pauli. Vera Kallenbach hatte sich dem Anlass entsprechend schlicht in schwarz eingekleidet. Die Männer hatten ihre Trauerkleidung auf schwarze Krawatten beschränkt. Nur Professor Heinrich Schmidt trug eine schwarze Fliege und hatte ein schwarzes Tuch in der Jackentasche. Nach einem knappen „Hallo zusammen" richtete Vera Kallenbach ihren Blick erwartungsvoll auf Klaus Sandershausen, setzte sich neben den Professor und gab damit das Signal, dass die Sondersitzung beginnen könne.

„Liebe Kollegen", begann Klaus Sandershausen, „mit Bestürzung haben wir den plötzlichen Tod unseres Geschäftsführers aufgenommen. Noch schockierter war ich durch den Einbruch letzte Nacht in das Arbeitszimmer von Fred Schumann. Es wurden wichtige Geschäftsunterlagen gestohlen. Alle Daten auf der Festplatte seines Computers wurden vollständig gelöscht. Wir wissen alle, dass Fred Schumann nur wenige Freunde und viele Feinde hatte.

Doch er verstand es, den Gewinn des Unternehmens auch in schwierigen Zeiten stabil zu halten. Wenn es erforderlich war, konnten wir uns auf ihn, den Sanierer mit der eisernen Hand, verlassen.

Wir haben diese Eigenschaft an ihm geschätzt und uns im Interesse der Stiftung immer loyal hinter ihn gestellt. Doch es war nicht immer einfach mit ihm zu leben, da mache ich mir persönlich nichts vor. Nun ist es unsere Aufgabe, dafür zu sorgen, dass der Tanker, welcher sicher ein gutes Bild für unsere Stiftung ist, weiter in ruhigem Fahrwasser bleibt.

Ich habe eine schriftliche Selbstverpflichtung verfasst. Meine Bitte ist, dass wir alle als Mitglieder des Vorstands diese Schweigeverpflichtung unterschreiben, damit keine dem Ansehen von Schumann schadenden Informationen in die Öffentlichkeit kommen können. Ihr wisst, dass ich euch allen vertraue, aber jeder von uns steht in der Gefahr durch eine unbedachte Äußerung der Stiftung zu schaden.

Eine Schweigeverpflichtung ist hilfreich wie ein Schwur, wenn man sich eine Sache fest einprägen will. Sie soll nur zum Schutz von uns allen dienen und macht uns alle noch einmal bewusst, dass wir in einem gemeinsamen Boot sitzen." Klaus Sandershausen ließ das zustimmende Nicken der anderen einen Moment auf sich wirken, bevor er weitersprach.

„Der Name Fred Schumann stand in der Öffentlichkeit viele Jahre für die gemeinnützige und soziale Ausrichtung der Stiftung.

Nur bei den Mitarbeitern war er aufgrund seines autoritären Führungsstils und der konsequenten Umsetzung seiner Ziele unbeliebt.

Die Sympathie der Belegschaft war ihm nie wichtig und es schien ihm auch nichts anhaben zu können, dass die Anzahl seiner Feinde Innerhalb der Stiftung langsam aber stetig wuchs.

Auch über seinen Tod hinaus sind wir darauf angewiesen, dass die Konkurrenten der Stiftung und die Öffentlichkeit keine, das Ansehen seiner Person belastenden Informationen aus dem Kreis der Mitarbeiter oder aus internen Protokollen erhalten. Alles, was dem Ansehen von Fred Schumann schadet, auch über seinen Tod hinaus, das schadet dem Image der Stiftung. Noch wissen wir nicht, welche Informationen auf dem Computer von Fred Schumann gespeichert waren und ob diese internen Dokumente der Stiftung schaden können. Auch bleibt uns die Hoffnung, dass die verschwundenen wichtigen Geschäftsunterlagen für immer verschwunden bleiben."

„An welche belastenden Informationen denkst du dabei?", kam die spontane Rückfrage von seinem Duzfreund Harry Eisele. „Und wäre es nicht sinnvoll das Image der Stiftung gerade dadurch zu verbessern, dass wir die oft harten Entscheidungen von Fred Schumann in seine alleinige Verantwortung verweisen und damit die Stiftung entlasten?" Die Augen der anderen waren mit Spannung auf Klaus Sandershausen gerichtet.

„Wenn ich wüsste, welche Informationen auf dem Computer von Fred Schumann gespeichert waren, dann wäre mir wohler. Ich weiß es selbst nicht. Das Bedürfnis, einige der fragwürdige Entscheidungen von Fred Schumann nicht weiter verteidigen zu müssen, kann ich gut nachvollziehen. Ich darf nur an die spekulativen Aktienanlagen erinnern, die Fred Schumann ohne unser Wissen über längere Zeit gemacht hat.

Bis heute wissen wir nicht, welche Gelder in welche Kanäle geflossen sind. Wir konnten ihn rechtzeitig stoppen, bevor er größere Verluste machen konnte. Auch ich kann mich an Vorstandssitzungen erinnern, die mir schlaflose Nächte bereiteten.

Fred Schumann war ein Machtmensch und jede massive Auseinandersetzung mit ihm hätte die Stiftung vor eine Zerreißprobe gestellt. Vielleicht war dieses Verhalten falsch und zu feige, aber wir können daran nichts ändern. Wir sitzen mit Fred Schumann auch nach seinem Tod noch in einem Boot. Ich kann mich da nur wiederholen. Kein Mensch wird uns glauben, dass wir nicht alle Entscheidungen aus Überzeugung abgesegnet haben. Zum Schweigen gibt es keine wirkliche Alternative. Es bleibt uns die Hoffnung, dass er alle belastenden Fakten mit in den Tod genommen hat. Über Tote redet man nicht schlecht, darüber besteht in unserer Gesellschaft ein breiter Konsens. Also sollten auch wir Fred Schumann einen Abgang in Würde bereiten, auch wenn er diesen vielleicht nicht verdient hat."

Auch wenn Manuel Pauli kein Freund von Fred Schumann gewesen war, sah er die Sache genauso wie Klaus Sandershausen. „Wer ohne Sünde ist, werfe den ersten Stein", warf er ein und fuhr fort: „Es ist jetzt nicht der richtige Zeitpunkt, die Vergangenheit aufzuarbeiten, dazu sitzt der Schock zu tief und ist das Geschehen zu frisch und die Hintergründe sind zu wenig aufgeklärt. Ich bin dafür, zu unterschreiben und zunächst das Weitere abzuwarten." Sein Blick in die Gesichter der anderen Vorstandsmitglieder verriet ihm deren uneingeschränkte Zustimmung.

Die vorbereitete Schweigeverpflichtung machte die Runde und alle unterschrieben ohne weiteren Kommentar. Das Gesicht von Klaus Sandershausen entspannte sich merklich. Es bestand Hoffnung, dass die Stiftung das nach außen vermarktete soziale und wohltätige Profil, auch über den Tod des Geschäftsführers hinaus, würde erhalten können.

Fred Schumann war ein vorsichtiger Mann gewesen. Alle waren davon überzeugt, dass er nicht so unvorsichtig gewesen sein konnte, belastende Dateien ungesichert auf seinem Computer zu speichern. Nachdem der schwierige Teil der Sitzung abgehakt war, gab Klaus Sandershausen jedem Vorstandsmitglied die Möglichkeit, noch einmal in entspannter Atmosphäre seine Sicht der Dinge darstellen zu können.

Es entstand eine kollegiale Offenheit, wie sie zu Lebzeiten von Fred Schumann nie möglich gewesen wäre. Erst jetzt wurde richtig deutlich, welchen psychischen Druck er ausgeübt hatte. Es wurde schnell deutlich, dass sowohl die Vergangenheit der Stiftungsarbeit, wie auch die Zukunft, von den Vorstandsmitgliedern sehr unterschiedlich gesehen wurden. Einiges aus der Vergangenheit konnte aufgearbeitet werden. Für einen Konsens für eine zukünftige Arbeit in der Stiftung waren die Meinungen zu gegensätzlich. Klaus Sandershausen hatte nichts anderes erwartet. Es waren sehr schwierige Gespräche für die Zukunft zu erwarten, aber so kurz nach dem Tod von Fred Schumann war es nicht sinnvoll gegensätzliche Positionen zu diskutieren. Es wurde keine lange Vorstandssitzung. Mit gegenseitig aufmunternden Worten trennte man sich.

Der Mensch steht im Mittelpunkt

Zu Hause angekommen, zog sich Harry Eisele in seinem Arbeitszimmer zurück, um sich Gedanken über die Zukunft zu machen. Sein Arbeitszimmer war zweckmäßig und eher spartanisch eingerichtet. Im Arbeitszimmer stand ein großzügiger grauer Schreibtisch mit zahlreichen Aktenordnern, die er aus der Stiftung mit nach Hause genommen hatte, um in Ruhe arbeiten zu können. Auf dem Schreibtisch stand in mitten der Ordner ein 21 Zoll-Flachbildschirm mit blaugrauem Rahmen. Er benötigte eine gute Auflösung und eine große Schrift, da seine Augen altersbedingt immer mehr an Sehkraft verloren. Ein Psychologe hätte sicher mit einem Blick erfasst, dass die überwiegend blaugraue Ausstattung das Bedürfnis von Harry Eisele nach Entspannung und Erholung ausdrückte.

Er benötigte dringend Urlaub und seine Gewohnheit, die Arbeit mit nach Hause zu nehmen, verhinderte zusätzlich die notwendige Entspannung, die jeder Mensch für den Erhalt der Gesundheit braucht. Die Bilder an der Wand waren billige Nachdrucke eines wenig bekannten abstrakten Malers. Harry Eisele hatte sie kostengünstig bei einer Versteigerung erstanden. Früher hatte er einmal gewusst, was die Bilder darstellen sollten, doch über die Jahre hat er es vergessen und inzwischen interessierte er sich gar nicht mehr für die Malerei. Die wenigen Pflanzen im Raum waren künstlich und pflegeleicht. Bevor er sich mit der Zukunft näher beschäftigen konnte, schweiften seine Gedanken in die Vergangenheit ab.

Die Vergangenheit war nicht immer sehr harmonisch gewesen. Im Leitbild der Stiftung stand der Leitsatz: „Bei uns steht der Mensch im Mittelpunkt". Für den Kaufmann und Controller in der Stiftung, Harry Eisele, stand der Mensch damit nur immer allem im Weg. In der Diskussion um die Abschaffung des Abtreibungsparagraphen 218 hatte er sich als Befürworter des straffreien Schwangerschaftsabbruchs profiliert. Es störte ihn, dass viele Pflegekräfte nach ihrer Ausbildung, aufgrund einer Schwangerschaft, für die Arbeit in der Stiftung lange Jahre ausfielen. Mit einem heute straffreien Schwangerschaftsabbruch war dies zu vermeiden.

Aufgrund der Umweltzerstörung und der knapp werdenden Energiereserven hielt es Harry Eisele für nicht mehr sinnvoll, Kinder in die Welt zu setzen. In der Stiftung gehörte er damit zu einer Minderheit. Daran hatte er sich aber weiter nicht gestört. Als Controller gehörte es für ihn zum Image, unangenehm zu sein und die Abtreibungsdiskussion war hilfreich gewesen, um von den Alltagsproblemen abzulenken. So wie das ungeborene Leben der Karriere und dem Wohlstand hinderlich sein konnte, war logischerweise auch der alte Mensch ein Problemfaktor in der Gesellschaft. Es war aus seiner Sicht nicht zumutbar, die besten Jahre seines Lebens für die Pflege des Ehepartners oder eines Angehörigen zu vergeuden. Sobald keine Aussicht auf eine Rückkehr ins normale Leben mehr bestand, war der alte Mensch einfach nur noch hinderlich und im Weg.

Fred Schumann war für Harry Eisele der ideale Geschäftsführer, um die von ihm angestrebte Gewinnmaximierung zu erreichen. Fred Schumann hatte bei seiner eigenen Mutter erreicht, dass ihr Aufenthalt in der zur Stiftung gehörenden Kurfürsten Residenz auf ein Minimum reduziert wurde. Er gab ihr unmissverständlich zu verstehen, dass sie als Pflegefall nur noch eine Belastung für ihn war und dass ihr schnelles Ableben für alle Beteiligten das Beste wäre.

Er hatte davor mit Harry Eisele über seine Mutter gesprochen und beide waren sich einig, dass ein schneller Tod die beste Lösung für das Problem sein würde. Hinter seinem Rücken wurde darüber gesprochen, dass er selbst nachgeholfen habe, damit durch den Heimaufenthalt sein Erbe nicht gefährdet werde.

Die Akte seiner Mutter war nach ihrem Tod nicht mehr auffindbar, sodass sich der Fall einer Nachprüfung entzog. Da es keine Beweise gab, blieb es bei nicht bewiesenen Verdächtigungen, die niemand wagte, öffentlich auszusprechen. Fred Schumann war zu klug, um Beweismittel bestehen zu lassen, und verbreitete so viel Angst um sich, dass diese Angst ausreichte, jede Kritik im Keim zu ersticken. Auf seinem Weg zum Erfolg waren alle legalen und psychologischen Druckmittel zugelassen.

Harry Eisele war es, der sich vor Fred Schumann stellte, als sich ein Heimleiter das Leben nahm, weil er sich für den hohen Krankenstand bei den Pflegekräften verantworten musste. Fred Schumann hatte den Heimleiter hart zur Brust genommen und die mangelnde Führungsqualitäten vorgeworfen. Der Heimleiter war nicht bereit gewesen, alleinerziehende, fleißige Pflegerinnen zu entlassen, nur weil sie durch kranke Kinder öfter gezwungen waren, sich immer wieder krank zu melden.

Es war niemand da, der ihre kranken Kinder zu Hause versorgen konnte, weil sie allein lebten.
Der Heimleiter hatte ein Herz für Kinder und gab sogar manchmal Sonderurlaub, bis die Kinder wieder gesund waren. Soziale Milde gegenüber den Mitarbeiterinnen wollte sich die Stiftung jedoch nicht leisten. Außerdem hatte der Heimleiter den von Fred Schumann angeordneten unbezahlten Überstunden widersprochen. Aus der Sicht des Heimleiters verhinderten unbezahlte Überstunden, dass neue Arbeitsplätze geschaffen wurden.

Fred Schumann dachte gerade umgekehrt, aus seiner Sicht verhinderten unbezahlte Überstunden, dass Mitarbeiter entlassen werden mussten. Kritik von Mitarbeitern war bei Fred Schumann nicht erwünscht. Kritik wurde stets unterbunden. Er fand immer einen Grund, der es erlaubte, unerwünschte Gegner aus dem Weg zu räumen.
Fred Schumann hatte dem Heimleiter vorgeworfen, in die Kasse gegriffen zu haben und die Stiftung absichtlich zu schädigen. Der Griff in die Kasse war vom Geschäftsführer erfunden worden und entbehrte jeglicher Grundlage. Das Ziel war es, den Heimleiter so unter Druck zu setzen, dass er von selbst kündigt. Die üblichen Mobbingmaßnahmen folgten. Dem Heimleiter wurden von Fred

Schumann bewusst einige der, für seine Arbeit unentbehrliche Informationen vorenthalten und notwendige Investitionen abgelehnt.

Um den Druck noch zu erhöhen, verlangte Fred Schumann einen ausführlichen Bericht über die Tätigkeiten des Heimleiters und stellte die Notwendigkeit verschiedener von ihm dadurch dokumentierter Arbeitsschritte in Frage.

In der Regel führten die ständigen Angriffe dazu, dass der gemobbte Mitarbeiter entnervt kündigte oder sich in den Krankenstand verabschiedete. Fred Schumann kannte den aktuellen Stand der Mobbingforschung. Er nutzte dieses Wissen jedoch nicht, um Mobbing zu vermeiden, sondern um die Mitarbeiter möglichst schnell und effektiv seinem Willen gefügig zu machen oder sie loszuwerden. Dass er selbst zur Gruppe der typischen Mobber, Vorgesetzter, männlich und zwischen fünfunddreißig und vierundfünfzig Jahren, gehörte, bestätigte ihn darin, dass das Mobbing zu den üblichen Managementmethoden gehörte.
Schikanen, Intrigen und Ausgrenzungen waren Managementinstrumente, die erst durch den Ausbau der Arbeitnehmerrechte notwendig wurden. Nur Mobbingopfer, die sich in eine Krankheit verabschiedeten, konnten für das Unternehmen teuer werden. Ein Grund für Fred Schumann, die Mitarbeiter so stark unter Druck zu setzen, dass sich erst gar keine Krankheit entwickeln konnte.

Sein Ziel war stets, dass der Mitarbeiter selbst kündigte oder kopflos wurde und einen Anlass zu berechtigten fristlosen Kündigung bot. Dass eigene Defizite im Führungsverhalten die Ursache seiner Mobbingaktionen sein könnten, war für Fred Schumann ausgeschlossen. Dies traf zwar für die Hälfte der mobbenden Manager zu, aber Fred Schumann war sich sicher, dass er selbst zu den übrigen Männern mit gutem Führungsverhalten gehörte.

Für ihn handelte es sich beim Tod des Heimleiters um einen Unglücksfall.

Dass sich der Heimleiter gleich das Leben nehmen würde, konnte er ja schließlich nicht voraussehen.

Zu seinem Bedauern machte die Ehefrau des Heimleiters der Stiftung und vor allem ihrem Geschäftsführer heftige Vorwürfe. Sie wurde durch einen anwaltlichen Drohbrief des Rechtsbeistands der Stiftung ruhig gestellt. Intern hatte der Todesfall natürlich zu heftigen Auseinandersetzungen geführt, aber den Schritt zu einer öffentlichen Anklage hatte keiner gewagt. In seinen Gedanken kehrte Harry Eisele wieder in die eigene Welt zu seiner Familie zurück.

Harry Eisele kümmerte sich wenig um seine Familie. Seine Frau engagierte sich im Kirchenchor und sein Sohn studierte Betriebswirtschaft. Das Leben der Ehefrau und des Sohnes waren für ihn unproblematisch. Nur seine Tochter machte ihm Sorgen.

Um der Enge der Familie zu entfliehen war sie schon vor Jahren mit ihrem Lebenspartner nach Australien ausgewandert und sie ließ nur ganz selten etwas von sich hören.

Seine Ehefrau Annette rief zum Abendessen und riss Harry Eisele aus seinen Gedanken. Es erwartete ihn ein liebevoll gedeckter Tisch. Leckereien aus dem Feinkostgeschäft lagen bereit. Annette Eisele verkehrte, wie Henriette Schumann, meist in den besseren gesellschaftlichen Kreisen und ein gutes Essen in einem angenehmen Ambiente gehörte ebenso wie ihr stets gepflegtes Äußeres zu ihrem Lebensstil. Harry Eisele hatte alles getan, um seiner Frau das Leben so schön wie möglich zu machen.

Das Wohnhaus hatte er zu einer repräsentativen Villa mit Swimmingpool umbauen lassen. Als Zweitauto durfte sie sich bei seinem Autohändler einen kleinen Jaguar mit allen Extras aussuchen.

Der Direktor seiner Bank gab ihm als Gegenleistung für eine frühere Gefälligkeit die für diese Anschaffungen nötigen günstigen Kredite. Annette Eisele betrieb leidenschaftlich Sport und zog die Blicke der Männer durch ihre strahlend blauen Augen und ihren schlanken, wohlgeformten Körper gern auf sich.

Harry Eisele war gewohnt, dass seine Frau öfter die Haarfarbe wechselte. Er fand es lustig und amüsant, dass er dadurch in den zweifelhaften Ruf gekommen war, seine Frau immer wieder mit anderen Frauen zu betrügen. In Wirklichkeit war es mehr seine

Frau, die ihn betrog. Vor allem dem Wintersport war Annette Eisele leidenschaftlich verfallen. Harry Eisele liebte den Luxus, zu dem auch der regelmäßige Wintersport gehörte, und es freuten ihn die neidischen Blicke anderer Männer, wenn er mit ihr unterwegs war. Denn dies war für ihn ein Beweis für seinen beruflichen Erfolg.

In der Realität war die Beziehung zu seiner Frau seit Langem mehr sachlich distanziert. Er tolerierte, dass seine Frau ein Liebesverhältnis mit einem Skilehrer hatte, den sie beim letzten Winterurlaub in Lichtenstein kennengelernt hatte. Harry Eisele konnte seine Frau berufsbedingt nur wenig Zeit widmen und war sich bewusst, dass dies für sie zu wenig war. Er gönnte ihr diesen Spaß. Solange alles im Verborgenen blieb und kein öffentlicher Skandal zu befürchten war, konnte er damit gut leben. Seit der heimlichen Beziehung zum Skilehrer war seine Frau ausgeglichener und gab sich alle Mühe, die treusorgende Ehefrau zu spielen.

Trotzdem war ihre Beziehung seit dem letzten Winterurlaub von einem unübersehbaren Misstrauen geprägt.
Weil Harry Eisele geschäftlich und privat viel Zeit mit Fred Schumann verbrachte, war seine Frau lange auch auf Fred Schumann eifersüchtig gewesen. Ihre Eifersucht hatte sich dann über die Jahre in angespannte Gleichgültigkeit verwandelt. Durch ihren neuen Liebhaber hatte ihre Eifersucht auf Fred Schumann ganz aufgehört. Es sah zumindest so aus, als hätte der Flirt die Situation entspannt.

Harry Eisele hatte wie immer an der Stirnseite des Tisches seinen Platz eingenommen. Er spürte noch keinen großen Hunger, weil er unterwegs an einem Imbiss eine Zwischenmahlzeit eingenommen hatte. Annette Eisele legte großen Wert auf ein gemeinsames Abendessen, damit sie ihrem Mann von den Ereignissen ihres Tages erzählen konnte. Es war nicht wichtig, dass er dabei zu hörte, denn er war mit seinen Gedanken meist immer noch bei seinen eigenen beruflichen Problemen. Annette Eisele musste oft den letzten Teil ihrer Erzählung wiederholen, wenn sie einen passenden Kommentar von ihm wollte.

„Wie war dein Tag?", wurde Harry Eisele gefragt. Eine konditionierte Frage, die eine ebenso eingeübte Antwort zur Folge hatte: „Nichts Besonderes, alles geht seinen gewohnten Gang", bekam sie zur Antwort. „Ist niemand mehr vom Vorstand an einer Bulette erstickt? Ich liebe Buletten, seit Fred Schumann durch sie aus dem Leben geschieden ist. Er war ein Ekelpaket in Reinform. Ich konnte es nie verstehen, dass du mit so einem Menschen gern gearbeitet hast. Seit er in dein Leben getreten ist, hast du dich verändert. Früher hattest du noch Humor und Lebensfreude.

Jetzt teilen wir nur noch Tisch und Bett miteinander und der Schein nach außen wird gewahrt. Gewiss es ist ein goldener Käfig, in dem ich lebe. Aber je länger ich darüber nachdenke, komme ich zu der Überzeugung, dass wir einen vernünftigen Weg finden sollten, uns zu trennen. Ich gehe einmal davon aus, dass du mir nicht den Gefallen tun wirst, freiwillig aus dem Leben zu scheiden.

Henriette Schumann hat dieses Problem nicht mehr. Ich beneide Sie darum." Annette Eisele war ungewohnt direkt.

Ihr Mann war sichtlich irritiert und reagierte gereizt: „Ich werde dich nicht hindern, wenn du gehen willst, dann geh. Am meisten hat derjenige Humor, der zuletzt lacht, und das werde ich sein. Ich bin mal gespannt, ob du dann auch anfängst, Schuhe zu sammeln. Mit meiner finanziellen Unterstützung kannst du auf keinen Fall rechnen."

Annette Eisele war sichtlich aufgeregt. Sie erhob sich vom Stuhl und trat zum Fenster, um ihre Gedanken durch einen weiten Blick wieder in den Griff zu bekommen. „Schade, dass du keine Einsicht hast", lenkte sie wieder ein. „Ein Versuch war's trotzdem wert. Eine einvernehmliche Trennung wäre für uns beide das Beste. Lassen wir das Thema für heute und wenden wir uns dem angenehmen Teil des Abends zu und genießen das Essen. Was darf ich dir reichen, um dich gnädig zu stimmen, mein lieber Göttergatte?", lautete ihre leicht ironische Frage.

Harry Eisele wurde blass. Mitten auf dem Tisch hatte seine Frau eine Schale mit Buletten platziert.

„Du siehst schlecht aus und hast Schweißperlen auf der Stirn", kommentierte seine Frau seine heftige Reaktion. Vielleicht wollte seine eigene Frau als Trittbrettfahrerin die Buletten einsetzen, um ihren Ehemann loszuwerden. Sie hatte so überraschend offen über eine Trennung gesprochen.

Wollte sie vielleicht nur noch einmal ausloten, ob sie ihn auch ohne Gift loswerden könnte? Seine Knie wurden weich und sein Herz raste.

Harry Eisele war einer Ohnmacht nahe. Gerade noch rechtzeitig kehrte sein nüchterner Verstand zurück.sein Zustand begann sich wieder zu stabilisieren. „Es war etwas viel Arbeit heute, mein Kreislauf macht mir plötzlich Probleme. Entschuldige, du hast den Tisch wieder so liebevoll gedeckt. Ich werde mich erst hinlegen und dann später zu Abendessen", gab er ausweichend zur Antwort und legte sich auf die bequeme Couch neben dem Esstisch im Wohnzimmer, um seinen Worten Nachdruck zu geben.

"Die Buletten habe ich heiß gemacht, sie werden kalt, wenn wir noch warten", war die harmlos klingende Antwort der Gattin. Fieberhaft arbeitete es im Kopf von Harry Eisele. Er versuchte einen einleuchtend klingenden Vorwand zu finden, mit dem sich der Genuss der sonst gern gegessenen Buletten vermeiden ließe.

„Danke, natürlich mag ich diese leckeren Buletten! Doch schon seit dem Morgen habe ich ein unangenehmes Gefühl im Magen, vielleicht bin ich an einem Virus erkrankt. Es könnte eine Grippe oder Corona sein. Es ist besser für mich mit dem Essen noch zu warten oder ich esse gleich lieber nur leichte Kost. Kannst du die Buletten morgen für das Büro einpacken?

Ich esse sie gerne auch kalt", zog sich Harry aus der Schlinge. Im Ausreden finden war er ein Meister. Annette Eisele war trotzdem nicht entgangen, dass die Buletten bei ihrem Mann Angst ausgelöst hatten. Sie genoss seine Unsicherheit. Ohne sich beeindrucken zu lassen, gab sie sich selbst dem kulinarischen Genuss hin.

Der weitere Abend verlief trotzdem relativ harmonisch.
Nach dem Harry Eisele sich auf der Couch einige Minuten erholt hatte, setzte er sich wieder zu seiner Frau an den Tisch und wählte einige ihm ungefährlich erscheinende der Speisen aus, um sie langsam seinem inzwischen hungrigen Magen zuzuführen. Wie seit Jahren drehte sich das Gespräch zwischen Annette und Harry Eisele um oberflächliche Themen. Die prickelnde, erotische Spannung zwischen ihnen, die sie von den ersten Ehejahren kannten war längst vorbei. Das Ehepaar lebte mehr nebeneinander als miteinander. Der Alltag des Anderen interessierte nicht mehr wirklich. Das Feuer der Liebe war längst erloschen. Jeder hatte seinen eigenen Rhythmus gefunden und sich Freiräume geschaffen.

Es wäre aus der Sicht von Harry Eisele trotzdem töricht gewesen, die Annehmlichkeiten der Ehe aufzugeben. Zwischendurch hatte es auch durchaus Zeiten gegeben, in denen sich das Ehepaar Eisele auch gefühlsmäßig wieder näher gekommen war. Aber diese Zeiten waren nur immer kurz gewesen und schon lange vorbei. Sie hatten Waffenstillstand und dies war für Harry Eisele genug.

In Gesprächspausen schweiften die Gedanken von Annette Eisele oft zu ihrem „zweiten Leben" mit Skilehrer Toni ab.

Sie konnte den nächsten Skiurlaub kaum abwarten und freute sich auf die erotischen Stunden mit ihm. Die Vorfreude war fast schöner als der Urlaub selbst. Sie wusste, dass die Vorfreude einer der schönsten Freuden des Lebens sein kann.

Harry Eisele war mit seinen Gedanken eher bei der Gewinnmaximierung. Geld und berufliche Macht hatten ihre eigene Erotik. Das große Arbeitspensum, welches für Geld und Macht nötig war, ermüdete seinen Körper.
Damit hielt er seine sexuellen Wünsche auf Sparflamme. Es ging auch ohne die körperliche Erotik, solange es genügend Ablenkung und beruflichen Erfolg gab.

Harry Eisele verabschiedete sich an diesem Abend schon früh von seiner Frau und ging vor ihr ins Bett, um am anderen Morgen wieder ausgeruht an die Arbeit gehen zu können.

Am nächsten Tag machte sich Harry Eisele mit einer mit Buletten gefüllten Box auf den Weg ins Büro. Heute machte er einen kleinen Umweg, um die Buletten prüfen lassen zu können. Die Alsterblick Residenz, eines der Pflegeheime der Stiftung, war öfter als dem Vorstand lieb in den Schlagzeilen, weil bei der Kost für die Bewohner und Mitarbeiter immer wieder gravierende Mängel aufgetreten waren. Nachdem aus Kostengründen die eigene Heimküche aufgegeben wurde, lieferte das Essen ein Catering-

Unternehmen. Schon lange Zeit suchte der Vorstand nach einem Vorwand aus den langfristigen Verträgen aussteigen zu können. Zum Standardprogramm der Tiefkühlkost des Lieferanten gehörten auch Buletten. Seit einiger Zeit gehört es zur Routine, Überprüfungen durch das Gesundheitsamt vornehmen zu lassen.

Waren die Buletten wirklich vergiftet, dann konnte Harry Eisele die Schuld dem Zulieferer geben, um diese loszuwerden und war gleichzeitig gewarnt. Ein Beweis dafür, dass das Gift in den Buletten von seiner Frau stammte, musste dann trotzdem erst noch erbracht werden. Vielleicht war es bei einem positiven Test sinnvoller, den Spieß umzudrehen und seine Frau aus dem Weg zu schaffen, bevor er selber ein Opfer werden konnte. Traf sein Verdacht nicht zu, dann konnte weiter überlegt werden.

In der Alsterblick Residenz grüßte Harry Eisele nur kurz die Mitarbeiterin an der Pforte und begab sich direkt zur Küche. Dort fand er den Küchenchef bei der Urlaubsplanung für die Küchenhilfen.

Da er selbst nichts mehr kochen musste und nur noch für eine reibungslose Verteilung der Speisen sorgte, hatte ihn Fred Schumann in der Gehaltsklasse zurückstufen lassen. Als zweiundsechzigjähriger Mann wartete er nur noch auf die Rente und war entsprechend unmotiviert. Er war nun überqualifiziert und am falschen Platz.

Mürrisch und unfreundlich wurde Harry Eisele von ihm begrüßt. Dem Küchenchef erklärte Harry, dass er die Buletten zum

Geschmackstest nach Hause genommen habe und ein sonderbarer Geruch von ihnen ausginge. Vielleicht sei der Geruch harmlos, aber aus Vorsicht sei eine Untersuchung durch das Gesundheitsamt geboten. Der Küchenchef bat ihn ungewohnter Weise, einen Gruß an seine Frau Annette auszurichten. Er erzählte beiläufig, dass sie sich bei ihm vor kurzem ein scharfes Messer ausgeliehen hatte. Sie sagte dem Küchenchef nicht, wozu sie das Messer benötigte.

„Ich würde vorsichtig sein. Wenn meine Frau sich ein scharfes Messer ausleihen würde, dann wäre ich auf der Hut!", versuchte er einen Scherz zu machen. Der Küchenchef wäre sicher nicht traurig gewesen, wenn auch Harry Eisele aus dem Leben schiede. Für ihn waren alle Vorstandsmitglieder schuld daran, dass er nicht mehr kochen durfte.

Harry Eisele wurde etwas blass im Gesicht. Der Küchenchef grinste. Harry Eisele versuchte schnell auf unverfänglichere Themen abzulenken. „Wir werden sicher heute noch schlechtes Wetter bekommen.

Ich habe das Auto frisch gewaschen und möchte nicht, dass es gleich wieder schmutzig wird. Bitte melden Sie sich sofort bei mir, wenn das Ergebnis der Untersuchung vorliegt."

Nach dieser kurzen Unterhaltung verließ er das schmucklose einfache Pflegeheim und fuhr zum Alltagsgeschäft in seine Unternehmensberatung weiter. Die Alsterblick Residenz war seit einigen Jahren zum Verlustgeschäft für die Stiftung geworden, weil Fred Schumann das Personal zu sehr reduziert hatte und längst fällige Investitionen vergessen hatte einzuplanen. Seit längerer Zeit war die Stiftung auf der Suche nach einem geeigneten Käufer, um das marode Pflegeheim loszuwerden.

Da eigene Managementfehler für Fred Schumann ausgeschlossen waren, weil nicht sein kann, was nicht sein darf, mussten die Mitarbeiter kostenlose Überstunden machen. Wer sich dagegen wehrte, wurde durch Leiharbeiter von Personalleasingfirmen ersetzt. Harry Eisele war immer froh, wenn er das Gelände der Alsterblick Residenz wieder verlassen konnte. Diese Einrichtung stand für den Misserfolg und wurde von den Mitgliedern des Vorstandes gemieden, wenn dies irgend möglich war.

Es fiel Harry Eisele sichtlich schwer, sich wieder auf die Anliegen seiner Kunden zu konzentrieren. Einige fragwürdige Entscheidungen der Vergangenheit gingen ihm plötzlich durch den Kopf. Trotz massiver Proteste durch Bewohner und Personal der Alsterblick Residenz hatte Harry Eisele für das Outsourcing der Küche gestimmt. „Gutes Essen ist die Erotik des Alters" und ähnliche Argumente konnten und durften den ökonomischen Fortschritt nicht aufhalten.

Was brauchte man mit neunzig Jahren noch Erotik, satt und sauber war doch mehr als genug. „In anderen Ländern verhungern Menschen und wir leisten uns den Luxus einer Restaurantqualität im Pflegeheim", hatte Fred Schumann beanstandet.

Harry Eisele war leicht zu überzeugen gewesen, dass die bisherige Essensqualität unnötig hohe Kosten erzeugte. Nur die Kurfürsten

Residenz durfte als Vorzeigeeinrichtung den Luxus einer eigenen Heimküche beibehalten.

Dieser Vorzug war unter anderem darauf zurückzuführen, dass der Hausleiter der Kurfürsten Residenz, Jens Müller, ein Freund des Vorstandsmitglieds Manuel Pauli war.

Auch die Mitarbeiter der anderen Pflegeheime in der Stiftung durften auf so einem hohen Niveau nicht versorgt werden, wenn die angestrebten Gewinnziele erreicht werden sollten. Nun war Harry Eisele sich plötzlich nicht mehr sicher, ob seine Entscheidung nicht zu leichtfertig gewesen war. War es ein Bewohner, der sich um seine Erotik betrogen sah und sich nun mit Gift gerächt hatte? Oder war es die Umstellung auf Einmalhandschuhe in der Pflege, die ohne Wasser eine direkte Reinigung der Haut erlaubten und damit Zeit und Kosten sparten? Bei dem wesentlichen Zeitgewinn und der großen Kostenersparnis mussten doch einfach die fünf Prozent in Kauf genommen werden, die durch die Sparmaßnahme unter Hautreizungen zu leiden hatten? Bei der aufkommenden Altenschwemme konnte doch nicht auf jeden Einzelnen Rücksicht genommen werden.

Es war für Fred Schumann wichtig, dass die Pflege bezahlbar blieb. Harry Eisele hatte diese Einstellung übernommen, ohne sich seine eigene Meinung darüber zu bilden. „In einer Gesellschaft muss jeder Opfer bringen", hatte auch Harry Eisele argumentiert und er wiederholte diesen Satz, leise zu sich selber sprechend. Hatte Fred Schumann unmenschlich gehandelt und waren seine Sparmaßnahmen zu weit gegangen?

Sollte Fred Schumann nun vielleicht selber ein Opfer seines eigenen konsequenten Kostensenkungssystems geworden sein?

Harry Eisele war immer davon überzeugt gewesen, dass er selbst ein guter Mensch sei und niemand einen Grund haben könnte, die Richtigkeit der Entscheidungen der Vergangenheit anzuzweifeln.

War es möglich, dass nun ein einziger Vorfall sein ganzes Leben in Frage stellen konnte? Für Harry Eisele wurde es ein Arbeitstag ohne Höhepunkte. Er war froh darüber, dass er durch Routinearbeiten etwas Ablenkung fand und der Berufsalltag seine innere Aufregung dämpfte.

Nach einem wenig produktiven Arbeitstag kam Harry Eisele erschöpfter als sonst, aber mit großer innerer Anspannung und Unruhe nach Hause. Die Lebensgefahr konnte schließlich überall lauern oder bildete er sich das alles nur ein?

Der „sanfte Tod"

Professor Dr. med. Heinrich Schmidt war ein aufgeschlossener, moderner Mediziner. „Im 21. Jahrhundert ist die Geißel des Schmerzes besiegt", war eine seiner häufigsten Aussagen.

Im dritten Jahrtausend war qualvolles Leiden nicht mehr notwendig. Von seinen Ärztekollegen wusste er, dass es nicht nur üblich war bei todgeweihten Patienten lebensverlängernde Maßnahmen zu unterlassen, sondern dass auch eine Überdosis Morphin oder eine leichte Narkose eingesetzt wurden, um den Sterbeprozess zu erleichtern.

Das Unterlassen einer künstlichen Ernährung, wenn gleichzeitig dafür gesorgt wurde, dass kein Hungergefühl eintritt, war ohnehin immer mehr gängige Praxis. Wenn nur eine geringe Überdosis eines Medikaments gespritzt wurde, um den Sterbeprozess abzukürzen, dann war dies nur sehr schwer nachzuweisen. Der Todeszeitpunkt eines Patienten war also schon länger von der Entscheidung des Arztes abhängig. Die einzige Kontrollinstanz bildete das Gewissen des Arztes.

Wie beim Rest der Bevölkerung war das Gewissen der Mediziner ganz unterschiedlich geprägt. Im Allgemeinen hatten die konfessionellen Betreiber von Krankenhäusern und Pflegeheimen Mitarbeiter mit einem schärferen Gewissen. Damit konnte man als Patient oder Heimbewohner davon ausgehen, länger leiden zu müssen, aber andererseits auch länger leben zu dürfen. Professor Dr. med. Heinrich Schmidt war ein Vertreter der Schmerzlosigkeit und damit auch ein Unterstützer der passiven Sterbehilfe.

Es war für ihn nur eine Frage der Zeit bis auch die aktive Sterbehilfe eine hohe gesellschaftliche Anerkennung finden würde. Sein Gewissen war nicht besonders ausgeprägt und an ein Leben nach dem Tod, in dem man für sein Handeln zur Verantwortung gezogen werden kann, glaubte er ohnehin nicht. Ein langes Siechtum unter quälenden Schmerzen kam in den Pflegeheimen der Stiftung fast nicht mehr vor. Deshalb waren sie in der Bevölkerung sehr beliebt.

Die Pflegeheime der Stiftung waren dafür bekannt, dass auch eine ziemlich genaue Einschätzung der noch verbleibenden Lebenszeit der Bewohner erfolgte, so dass die Erben mit der Planung der eigenen Zukunft schon mit der Heimaufnahme der Angehörigen beginnen konnten. Die Zeiten, als unterernährte Bewohner noch zwangsweise ins Krankenhaus kamen, um dort „aufgepäppelt" zu werden, waren vorbei. Wer keine Lust mehr hatte, zu essen und zu trinken, der wurde auch nicht mehr dazu überredet.

Sogar bei Banken war ein Kredit leichter zu bekommen, sobald die vermögenden Eltern in einem Heim der Stiftung untergebracht wurden. Es war auch Professor Heinrich Schmidt unheimlich, wie es den Heimleitern möglich war, Prognosen über die Lebenszeit von Bewohnern abzugeben, zumal die Prognosen oft genauer als die Einschätzung des behandelnden Arztes waren. Natürlich hatte er nachgefragt und erhielt mit dem Hinweis auf die jahrzehntelange Berufserfahrung der Heimleiter eine beruhigende, aber bei längerem Nachdenken nicht sehr befriedigende Antwort.

Es war Zeit der Sache einmal auf den Grund zu gehen. Auch Professor Heinrich Schmidt machte sich seit dem Tod von Fred Schumann über viele Dinge seine Gedanken. Er wurde angetrieben vom Wunsch eine Erklärung für dessen Tod zu finden.
 Professor Schmidt steuerte seinen Porsche Carrera in die Richtung der Kurfürsten Residenz. Die Kurfürsten Residenz war das Sahnehäubchen unter den Pflegeheimen und setzte Standards für alle anderen Pflegeheime der Stiftung. Direkt an der Elbchaussee gelegen, hatte man von allen Zimmern einen guten Blick auf die im Hafen einfahrenden Schiffe. Besondere „Highlights" waren die Kreuzfahrtschiffe, die regelmäßig den Hamburger Hafen besuchten. Es musste nicht unbedingt die „Queen Mary 2" sein, auch kleinere Luxusschiffe waren sehenswert und brachten eine angenehme Unterbrechung in den sonst ruhigen Alltag der Senioren.

Nachdem eine der bekannten Hamburger Familien, die Senioren-Residenzen besitzen, durch ihre großzügige Millionenspende den Bau der Elbphilharmonie ermöglichte, war für viele Senioren ein Lebensziel, ein Konzert in der Elbphilharmonie besuchen zu können. Hamburg bietet ein vielseitiges kulturelles Angebot, das nicht mehr viele Wünsche erfüllt.
 Die Kurfürsten Residenz war das Aushängeschild der Stiftung mit einer Innenausstattung in gehobenem Niveau. Durch dieses

Haus wurde sehr viel Geld verdient. Der Überschuss kam zum einen den Pflegeheimen für untere Einkommensschichten zugute und diente zum anderen dazu, dem Management ein solides Einkommen zu sichern. Die Kurfürsten-Residenz wurde dreigeschossig gebaut.

Die warme, hellgelbe Klinkerfassade wurde durch hellblaue Fensterelemente unterbrochen und wirkte damit freundlich und einladend. Die hellblauen Fensterrahmen wurden gewählt, weil die Umrahmung von Stechmücken als Wasserfläche angesehen wird. Sie fliegen nicht in die Wohnung, weil sie Angst haben, zu ertrinken. Dies war eine sinnvolle Maßnahme, da im Innenhof ein großer Teich mit Springbrunnen angelegt wurde. An diesem Biotop war auch die Brutstätte von vielen Stechmücken, die vor allem im Herbst zu einer Plage für die Bewohner geworden wären, wenn der kluge Architekt nicht die blauen Fenster gewählt hätte. Die um den Teich angepflanzten Blumenbeete und niederwüchsigen Bäume und Sträucher ergaben ein Bild, das den Parkanlagen früherer Fürsten und Königshäuser ähnlich war. Die Innenausstattung der Kurfürsten Residenz konnte problemlos mit den besten Hotels der Stadt mithalten. Der Fußboden war mit Fliesen in dezenter Blautönung ausgelegt. Die Farbe Blau war die Lieblingsfarbe des Architekten und so prägte das Blau die ganze Seniorenresidenz. Die Wände schmückten Bilder von Monet, Picasso, Van Gogh und Chagall. Die zur Epoche des jeweiligen Malers passende Beleuchtung rundete das ansprechende Ambiente der einzelnen Wohnbereiche ab.

Die Freizeitmöglichkeiten in der Residenz waren vielfältig. Neben der gut bestückten Bibliothek luden der Billardraum, der Hobbyraum und der Fitnessbereich zum Verweilen und Zeitvertreib ein. Ein Animationsprogramm mit Kursen, kulturellen Veranstaltungen und moderierten Gesprächsrunden vertrieb die Langeweile. Rüstigen Bewohnern gefiel das umfangreiche Angebot an Ausflügen in die Naherholungsgebiete der Umgebung. Eine kleinere Gruppe nutzte die Sauna und das Schwimmbad.

Sobald die Kräfte nachließen oder das Gedächtnis streikte, konnte auf die Hilfe der Pflegeabteilung zurückgegriffen werden. Die Bewohner waren rundum bestens versorgt.

Die Qualitätsbeauftragte der Stiftung, Renate Schumann, eine Cousine des aus dem Leben geschiedenen Geschäftsführers, konnte Professor Heinrich Schmidt sicher auf die ihn beschäftigenden Fragen eine qualifizierte Antwort geben. Renate Schumann hatte ein großzügiges Arbeitszimmer mit reichlich Grünpflanzen und einem Fenster zum Hof, welches man mit einem blauen Lamellenvorhang uneinsichtig machen konnte, ohne das Büro hierdurch ganz abzudunkeln. In der Ecke stand ein bequemes weinrotes Ledersofa, das den Professor an vergangene intime Stunden mit Renate Schumann erinnerte. Renate saß am Schreibtisch und war gerade dabei eine Zwischenmahlzeit in Form eines Schokoladencroissants und einer Tasse schwarzen Kaffees zu sich zu nehmen.

„Hallo meine liebe Renate", begrüßte er Renate Schumann herzlich. Nach einem der legendären Feste der Stiftung, bei dem viel Alkohol geflossen war, nannten sich die beiden beim Vornamen. Renate war für Heinrich Schmidt eine attraktive und begehrenswerte Frau, sodass er gern auf das Angebot eingegangen war, das Fest in der Wohnung von Renate ausklingen zu lassen.

Das Verhältnis zu seiner eigenen Frau konnte man als so unterkühlt bezeichnen, dass ein kleiner Seitensprung mehr als willkommen war.

Renate Schumann hatte ihn mit erstaunlicher sexueller Erfahrung verwöhnt, sodass er sich auch jetzt seiner aufsteigenden erotischen Gefühle kaum erwehren konnte. Je weiter die erotische Begegnung in der Vergangenheit zurücklag, umso mehr sehnte er sich nach ihrem nackten Körper. Die nächtliche Romanze, angeheizt durch reichlichen Weingenuss, hatte auf dem weinroten Glattledersofa seine Fortsetzung gefunden und hätte auch beim heutigen Besuch zum Ritual gehört, wenn seine Geliebte die Romanze nicht von ihrer Seite beendet hätte.

Es war Renate Schumann nicht möglich, über längere Zeit nur die Geliebte zu sein. Trotzdem blieb das Ledersofa ihr Lieblingsplatz und an manchen Tagen sagte ihr Geruchssinn, dass der frühere Geliebte ganz in ihrer Nähe sei und spielte ihr damit einen Streich, denn selbst der stärkste Parfümgeruch wäre nach so langer Abstinenz verflogen.

„Schön, dich einmal wieder zu sehen. Ich wollte dir noch mein Beileid zum Tod deines Cousins aussprechen. Auch ich leide sehr. Der

Verlust meines langjährigen Freundes hat mich tief getroffen. Wir sollten uns unbedingt wieder einmal Zeit für ein gemeinsames Abendessen nehmen, die schönen gemeinsamen Stunden sind viel zu lange her", mit diesen Worten ging er sofort auf Tuchfühlung, stellte sich hinter ihren Stuhl und legte seine Hände auf ihre Schultern.

Er war sich wohl bewusst, dass sich seine Trauer um Fred Schumann in Grenzen hielt, aber gegenüber Renate Schumann hielt er es für besser, eine tiefe Betroffenheit vorzugeben, um sich ihre verbliebene Sympathie zu erhalten oder diese wiederzugewinnen.

„Es lag nicht an mir, du hast dich zurückgezogen, denn du warst nicht bereit, deiner Frau reinen Wein einzuschenken", konterte Renate und blickte mit einem sanften Lächeln zu ihm nach oben. „Es liegt in deiner Hand. Sobald du dich von deiner Frau trennst, können wir über eine Annäherung wieder reden. Vorher läuft nichts. Definitiv".
Sie erhob sich vom Stuhl, befreite sich von seinen Händen und drehte sich zu ihm hin. Die Hüfte wiegend, gab sie ihm die Hand und drückte ihm danach einen zarten Kuss auf die Wange. Ihr Parfüm erinnerte ihn an heiße Liebesnächte im Fünf-Sterne-Hotel und kurze intime Begegnungen auf dem Ledersofa. Spontan erwachte ein heißes Begehren in ihm, ihren nackten Körper zu spüren. Seine Hand glitt sanft über ihren Busen und ruhte genussvoll auf ihrem wohlgeformten Po. „Noch kannst du das alles haben, wenn du dich von deiner Frau scheiden lässt", hauchte sie ihm ins

Ohr. Heinrich Schmidt ging innerlich sofort wieder auf Distanz, er wollte seine Ehe nicht gefährden. Seine Frau hatte viel Geld mit in die Ehe gebracht und auf seinen Lebensstandard wollte er auf keinen Fall verzichten.

Äußerlich spielte er mit, nahm Renate in den Arm und streichelte sanft ihren angenehmen Körper. „Ich benötige ein paar Informationen von dir", antwortete Heinrich Schmidt, wieder zu einem sachlichen Ton zurückkehrend. Er zwang sich, seine Gefühle zu unterdrücken, löste sich aus der Umarmung und trat einen Schritt zurück, um die Selbstbeherrschung wiederzuerlangen.

Zu viel Nähe konnte gefährlich für ihn werden. Er hatte ihre erotische Anziehungskraft unterschätzt. Sie befanden sich in einem öffentlichen Raum.

Heinrich Schmidt durfte seinem Verlangen jetzt nicht nachgeben. Trotzdem reizte ihn der Gedanke, den Lamellenvorhang zu betätigen, die Tür abzuschließen und sich mit Renate Schumann der aufkommenden Begierde hinzugeben. Er hatte fast vergessen, wie attraktiv Renate Schumann war und registrierte erstaunt, dass sich seit ihrer Trennung daran nichts geändert hatte. Vielleicht hatte sie ein paar Falten mehr im Gesicht, aber dies machte sie eher noch anziehender als früher. Die Vernunft siegte. Der Professor nahm den Dialog wieder auf.

„Welche Standards regeln bei uns den durch den vom Gesetzgeber erlaubten medizinisch assistierten Suizid und wer übergibt den Becher mit dem sanften Tod? Wird sichergestellt, dass keiner unserer Mitarbeiter mehr im Raum ist, wenn das tödliche Gift genommen wird, damit wir nicht wegen unterlassener Hilfeleistung verklagt werden können?" Heinrich Schmidt sprach damit die Rechtslage an. Über die Rechtslage zu reden, ist zutiefst unerotisch und war in dieser Situation für ihn sehr hilfreich, um seine Gefühle wieder in den Griff zu bekommen.

Das Gesetz unterscheidet zwischen aktiver und passiver Sterbehilfe. Strafbar war nur die Tötung auf Verlangen, also die aktive Sterbehilfe. Nicht bestraft wurde die passive Sterbehilfe.

Wenn bei todgeweihten Personen lebensverlängernde Maßnahmen unterlassen wurden, dann war dies straffrei. Bei Selbstmord konnte ein Mitarbeiter wegen unterlassener Hilfeleistung belangt werden, wenn bestimmte Bedingungen erfüllt waren. Renate erkannte sofort, dass mit der Frage eine bestimmte Absicht verbunden war. Sie wich dem Angriff geschickt aus.

„Weißt du nicht mehr, was du früher einmal selbst angeordnet hattest?" kam die spontane Antwort von Renate. „Die Dosis Pentobarbital, die eingesetzt wurde, orientierte sich damals an den Erfahrungswerten aus der Veterinärmedizin. Sie führte da schon beim Einschläfern von Warmblütlern rasch, schmerz- und reflexlos in den Tod durch Herz— und Atemstillstand.

Man kann dies auch anders ausdrücken: Ein schneller Tod durch Einschlafen und Ersticken. Verständlicherweise wollte sich dies kein Mitarbeiter ansehen. Alle mieden den Raum, in dem der Sterbende lag und ließen den Bewohner einsam sterben.

Aber was rechtlich zulässig war, muss nicht menschenwürdig sein. Das sind zwei Paar Schuhe.

Ich weiß, dies ist inzwischen Vergangenheit, heute wird ein Narkotikum mit Kaliumchlorid kombiniert. Damit wird das tödliche Spiel weniger entsetzlich, aber dennoch kaum menschlicher. Du bist als ärztliche Leitung für die Vergangenheit und für die Gegenwart verantwortlich. Darum beneide ich dich nicht. Ob wir nun Beihilfe zum Suizid leisten oder nicht, beides läuft unter deiner Verantwortung. Ich wasche meine Hände, wie Pilatus bei der Kreuzigung von Jesus, in Unschuld. Die Sterbehilfe fällt nicht in meinen Entscheidungsbereich, ich befolge nur Anordnungen."

Nach einigen Sekunden der Stille fuhr sie fort: „Nicht alle können damit leben. Einige der besten Mitarbeiter hatten die Stiftung verlassen, als die alte Regelung eingeführt wurde. Auch die neue Regelung hat die Situation für die Mitarbeiter nicht wesentlich gebessert. Es ist nach wie vor schwer, qualifiziertes Pflegepersonal in der Stiftung zu halten. Das weißt du ganz genau.

Die Mitarbeiter erzählen sich einen interessanten Witz: Ein im Pflegeheim tätiger Arzt kommt zum Pfarrer, um seine Sünden zu bekennen, und sagt zu ihm: „Ich habe viele alte Menschen vergiftet, aber dafür viele Angehörige glücklich gemacht, das gleicht sich aus. Auch habe ich viele alte Menschen mit Psychopharmaka ruhig gestellt, aber dafür geholfen, Personal in den Heimen einzusparen, das gleicht sich aus. Welches Urteil wird über mich in der Ewigkeit gesprochen werden?" „Mein lieber Sohn", sagt darauf der Pfarrer, „dein Fall ist ganz einfach: Gott hat dich geschaffen und der Teufel soll dich holen- das gleicht sich aus. Sicher ist dies nur eine Form der seelischen Verarbeitung. Trotzdem trifft diese Geschichte den Kern des Problems."

Heinrich Schmidt setzte ein sichtlich gequältes Lächeln auf. Er mochte diese Art von Witzen nicht. Aus seiner Sicht reduzierten sie komplexe Probleme in unzulässiger Weise. Er wiederholte Argumente, die auch Renate Schumann gut kannte: „Die Einführung der Beihilfe zur Selbsttötung hat in den letzten Jahren das Image der Stiftung in der Öffentlichkeit wesentlich verbessert, weil den Angehörigen erspart bleibt, einen Menschen über eine längere Leidenszeit begleiten zu müssen.

Das Erbe der Angehörigen wird nicht angetastet und die Angehörigen können schon zu Lebzeiten das zu erwartende Geld für anstehende Investitionen einplanen. Dies ist doch im Sinne aller Beteiligten. Die getroffene Regelung ist in guter Absicht getroffen worden und du hast die Entscheidung auch mitgetragen!" Nein, der Professor war sich sicher, eine gute Regelung vorgenommen zu haben.

Die Gesichtszüge von Renate drückten eine Mischung von Missbilligung und Resignation aus. Renate Schumann war schon immer gegen Sterbehilfe, egal ob aktiv oder passiv und hatte daraus nie ein Geheimnis gemacht. Nur das Bewusstsein, dass die Verweigerung, diese Dienstanweisung umzusetzen, unweigerlich zu einer Kündigung geführt hätte, hatte bewirkt, dass sie ohne nachhaltigen Widerspruch die Qualitätsstandards den Vorgaben anpasste.

Außerdem war sie nach wie vor in Heinrich Schmidt verliebt und bereit, notfalls über Leichen zu gehen, wenn dies der Liebesbeziehung zu ihm dienlich war. Obwohl die Zeit der heißen Affäre vorbei war, änderte dies nichts daran, dass sie von Professor Heinrich Schmidt immer noch abhängig und ihm hörig war.

Zuerst war immer ein Hausarzt oder Bereitschaftsarzt vor der Bereitstellung des Giftes zu fragen und dessen schriftliche Zustimmung erforderlich gewesen. Doch bald wurde diese Praxis aufgegeben, da nicht alle Ärzte bereit waren, ihren Namen für eine solche Maßnahme herzugeben.

Nun lag die Entscheidungsbefugnis in vielen Fällen im alleinigen Verantwortungsbereich des examinierten Pflegepersonals, und in Ausnahmefällen waren es sogar schon Hilfskräfte, die das Gift den Senioren für die Selbsttötung bereitstellten. Die Stiftung war unter der Leitung von Fred Schumann ein professionelles Dienstleistungsunternehmen geworden und die Wünsche der Kunden waren schnellstmöglich zu erfüllen.

Ursprünglich wurde Natrium-Pentobarbital als Schlaf-und Beruhigungsmittel verwendet. Das Schlafmittel führte zu psychischer und körperlicher Abhängigkeit.

Eine Überdosis lähmte das Atemzentrum und führte zum Tod durch Ersticken. Später wurde Natrium-Pentobarbital durch andere effektivere und weniger süchtig machende Schlafmittel ersetzt. Die tödliche Dosis Natrium-Pentobarbital für den Menschen liegt im Bereich von ca. 3 Gramm des Mittels. Es handelt sich um ein rein synthetisch hergestelltes Derivat der Barbitursäure. Nachdem einige Sterbehilfeorganisationen den Einsatz dieses Giftes als sanfte Art zum Sterben in der Öffentlichkeit salonfähig gemacht hatten, stand einem Einsatz auf breiter Front im Seniorenbereich nichts mehr im Wege. Die Pharmaindustrie nutzte die neuen Möglichkeiten einer Vermarktung und tat das ihre, um die in Gang gekommene Entwicklung voranzutreiben. Wie in der Medizin üblich, wurde auch diese Praxis weiterentwickelt und schließlich durch neuere Methoden ersetzt.

Heinrich Schmidt war über die Informationen, die er jetzt aus erster Hand erhielt, nicht erfreut. Die Umsetzung der passiven Sterbehilfe in der Praxis entsprach in keiner Weise mehr den ethischen Ansprüchen, die er für sich selbst zum Maßstab gemacht hatte. Heinrich Schmidt erkannte einen akuten Handlungsbedarf. Er nahm sich vor, neue Regelungen zu treffen, sobald sich die Aufregung durch den plötzlichen Tod von Fred Schumann gelegt hatte.

Wenn er jetzt sofort etwas unternähme, so bestünde die Gefahr, dass er selbst unter Verdacht käme, etwas mit dem Tod des Geschäftsführers zu tun zu haben. Das Gespräch zwischen den beiden war einseitig geworden und Heinrich Schmidt beschränkte sich darauf, aufmerksam zuzuhören.

Renate Schumann berichtete ihm auch von Fällen, in denen der Tod alles andere als sanft eingetreten war. Die inzwischen zuständigen Krankenschwestern waren mit solchen Fällen verständlicherweise überfordert. Einige hatten aus diesem Grund die Stiftung verlassen oder mussten sich in psychiatrische Behandlung begeben.

Neben diesen unerfreulichen Informationen gab es ein wichtiges Ereignis, über das Fred Schumann den Vorstand nicht informiert hatte. Einige Monate vor seinem Ableben waren aus dem Medizinschrank der Kurfürsten Residenz mehrere Einheiten mit Pentobarbital verschwunden, ohne dass deren Verbleib zu ermitteln war. Eigentlich hatte Pentobarbital im Medizinschrank nichts mehr zu suchen und hätte längst entsorgt werden müssen. Nur wenige Personen hatten einen Schlüssel zum stets abgeschlossenen Medizinschrank und kamen als Täter oder Mittäter in Frage.

Fred Schumann war von Vera Kallenbach über den vermutlichen Diebstahl informiert worden und hatte gegenüber Renate Schumann darauf bestanden, den Vorgang geheim zu halten und auch nicht alle Mitglieder des Vorstands zu informieren. Nur Fred Schumann, Harry Eisele und Vera Kallenbach wussten vom verschwundenen Gift. Von Renate Schumann war Vera Kallenbach als erste Ansprechpartnerin im Vorstand für die Pflegequalität sofort informiert worden. Harry Eisele als Befürworter der aktiven Sterbehilfe wurde beauftragt eine diskrete Abwicklung ohne die Polizei zu arrangieren, da kein materieller Schaden entstanden war. Es bestand ja die Hoffnung, dass das Gift wieder auftauchen würde, nur eine versehentliche Entnahme erfolgte oder lediglich vergessen wurde die Entnahme und Entsorgung zu dokumentieren.

Renate Schumann hatte Harry Eisele wiederholt auf das Verschwinden des Giftes angesprochen ohne von ihm eine zufriedenstellende Antwort zur Sache zu erhalten. Sie gewann den Eindruck, dass er selbst an einer Aufklärung des Vorgangs kein großes Interesse hatte.

Manuel Pauli, Klaus Sandershausen, Heinrich Schmidt und die Vertreterin der Stifterfamilie, Gräfin von Fallersleben wurden nicht informiert, um erneute anstrengende Diskussionen über den medizinisch assistierten Suizid zu vermeiden. Wenn es also einen Täter gab, dann verfügte dieser noch über genügend Gift den gesamten Vorstand zu beseitigen, falls dies seine Absicht sein sollte. Gegen diese Theorie sprach jedoch das schnelle Ableben des Geschäftsführers. Die Todesumstände waren für eine Vergiftung mit Pentobarbital oder Kaliumchlorid zu untypisch und der Tod war viel zu schnell eingetreten.

Damit hatten für Heinrich Schmidt, trotz der Informationen, die offenen Fragen eher zugenommen, als dass sie beantwortet worden wären. Er dachte angestrengt nach, ohne zu einem Ergebnis zu kommen. Zunächst schien es ihm wichtig, dass die erhaltenen Informationen weiter geheim blieben. Heinrich Schmidt hatte genug erfahren und versuchte, das Gespräch zu einem Ende zu bringen.

„Ich danke dir für deine Informationen, liebe Renate. Es war richtig den informierten Personenkreis klein zu halten." Aufgrund der Brisanz der gewonnenen Erkenntnisse war ihm klar, dass der Kreis der informierten Personen auch in Zukunft so klein wie möglich bleiben musste, damit der Stiftung durch weitere negative Schlagzeilen kein Schaden entstehen konnte. Auf die Loyalität und Verschwiegenheit von Renate Schumann glaubte er, sich zu hundert Prozent verlassen zu können.

Sein Blick blieb noch einmal am Ledersofa hängen und danach gönnte er sich noch den Genuss des wohlgeformten Körpers von Renate Schumann. Er zögerte nur kurz, bekam seine Gefühle aber sofort wieder in den Griff. Ein Blick auf die Uhr zeigte ihm, dass es höchste Zeit war, sich zu verabschieden.

„Wir sehen uns bald wieder", war seine gewohnt unverbindliche Floskel zum Abschied. Renate Schumann war klar, dass dies ein Auf-Abstand-Halten beinhaltete.

Die kurze körperliche Nähe war für Heinrich Schmidt zunächst ein taktisches Mittel gewesen, um die gewünschten Informationen zu bekommen. Aber Renate Schumann war nicht entgangen, dass sie den Professor immer noch an die Grenze seiner Selbstbeherrschung bringen konnte. Sie war dem Professor jedoch noch zu sehr verfallen, um sich von ihm ganz befreien zu können. Sie blieb auf eine neue erotische Beziehung hoffend und mit neuer Sehnsucht nach Zuwendung zurück. „Hoffentlich sehen wir uns bald wieder, an unser letztes Date kann ich mich schon fast nicht mehr erinnern", gab sie mit sehnsuchtsvollem Blick zurück.

„Pass auf dich auf, denn der Tod lauert überall", verpackte sie noch eine sanfte Drohung, um ihrem Wunsch Nachdruck zu verleihen. Obwohl dieser Satz Heinrich Schmidt in innere Aufregung versetzte, ließ er sich nichts anmerken. Mit einem etwas gequälten Lächeln trennte er sich von seiner früheren Geliebten.

Zu Hause angekommen, widmete sich Heinrich Schmidt zunächst der eingegangenen Post.

Der Professor war es gewohnt, neben seiner privaten Post auch regelmäßig Post von seinen Studenten zu bekommen. Meist war es Briefpost, die zu bearbeiten war. Päckchen waren eher selten. Diesmal war ein kleines unauffälliges Päckchen dabei.

Seltsamerweise war der mit Tinte geschriebene Absender bis zur Unleserlichkeit verwischt. Unter normalen Umständen hätte dies den Professor nicht beunruhigt, aber durch die Geschehnisse der letzten Tage hatte sich dies geändert. Vielleicht war es Absicht, dass der Absender nicht zu lesen war. Vielleicht hatte das Päckchen sogar einen explosiven Inhalt.

Ohne zu zögern, nahm er entschlossen das Päckchen an sich, um damit zum nahegelegenen Polizeirevier zu fahren. Es war sicherer, wenn Sprengstoffexperten der Polizei ein Auge darauf warfen, denn er hatte keine Lust, sein Leben oder seine Gesundheit durch Unachtsamkeit in Gefahr zu bringen.

Die Hamburger Polizei kannte Heinrich Schmidt gut, da er immer wieder als Gutachter bei unklaren Todesfällen die Polizeiarbeit unterstützte. Besonders gefielen ihm die jungen Polizistinnen in ihren schicken dunkelblauen Uniformen. Er betrat das Polizeigebäude mit eiligen Schritten und ein Beobachter hätte sicher bemerkt, dass ihm der heutige Besuch unangenehm war. Gezielt wandte er sich an eine zufällig im Flur stehende Polizistin, mit der er schon bei früheren Besuchen heftig geflirtet hatte.

„Liebe Frau Zartmann", Heinrich Schmidt half durch einen falschen Blick auf ihr Namensschild seinem Gedächtnis nach, „ich bin entzückt, wieder einmal Ihr strahlendes Lächeln genießen zu können. Sie können meine Freude vollkommen machen, wenn Sie mir von Ihren Experten dieses Päckchen öffnen lassen.

Der Absender ist verwischt und aufgrund der Ereignisse in unserer Stiftung, die Ihnen sicher nicht verborgen geblieben sind, möchte ich kein Risiko eingehen.

Falls der Inhalt ungewöhnlich ist und Fingerabdrücke benötigt werden, möchte ich nichts falsch gemacht haben. Einen explosiven Inhalt wird es aus meiner Sicht vermutlich nicht haben, damit kann man mich auch nicht beeindrucken, da würde mich schon eher Ihre Nähe aus der Fassung bringen."

Die Polizistin sah ihn mit ihren hellgrünen klaren Augen an. Heinrich Schmidt hatte den Eindruck, von ihr durchschaut zu sein.

Sie glaubte ihm offensichtlich nicht, dass er so unbeeindruckt war, wie er dies darstellte. Sicher hatte er gute Gründe, das Päckchen untersuchen zu lassen.

„Machen Sie sich keine Sorgen", lautete deshalb ihre Antwort. „Wir werden gleich wissen, ob der Inhalt harmlos ist." Sie verschwand hinter einer Glastür und ließ Heinrich Schmidt im Flur allein zurück. Er blickte sich um und lief unruhig auf und ab, ohne sich auf einen der für wartende Besucher bereitstehenden Stühle zu setzen.

Nach kurzem Warten wurde er in das Dienstzimmer gerufen. Die Polizistin zeigte ihm den Inhalt. Er bestand aus einer umgebauten Spritze mit der sinnigen Bezeichnung „Selbsttötungsapparat" und einem Schreiben. „Sterbewillige können dieses tragbare Gerät per Knopfdruck betätigen! Dadurch werden je 40 Milligramm eines Kurznarkotikums und eines tödlichen Kaliumchlorids injiziert. Einfach, praktisch und todsicher." So stand es in der beigefügten Bedienungsanleitung des Gerätes. Aber dies war nicht alles. Die Beamten hatten auch ein persönliches Schreiben für den Professor gefunden.

In gut leserlicher Computerschrift stand auf einem weißen Blatt: „Lieber Heinrich, du weißt, dass du den Tod verdient hast, viele Menschenleben belasten dein Gewissen. Ich will dir die Möglichkeit geben dich von diesen Seelenqualen zu befreien. Ich habe alles für die Selbsttötung vorbereitet, Du musst dir nur noch die Nadel in die Vene stechen und kannst deinem Leben per Knopfdruck bequem ein Ende setzen. Die Nachwelt wird dir für diese heldenhafte Tat dankbar sein."

Es war kein Hinweis auf den Absender vorhanden und selbst die Suche nach Fingerabdrücken durch die Spezialisten war ergebnislos geblieben.

„Da hat sich offensichtlich jemand mit Ihnen einen üblen Spaß erlaubt, Herr Professor", versuchte die Beamtin zu scherzen. Heinrich Schmidt war nicht zu Späßen aufgelegt. Hinter der ganzen Sache steckte ein tödlicher Ernst, davon war er überzeugt. „Ich lasse den Inhalt am besten als Beweismittel bei Ihnen, schließen Sie es gut weg, damit niemand zu Schaden kommt. Und halten Sie mich bitte auf dem Laufenden, falls die Ermittlungen neue Erkenntnisse ergeben." Heinrich Schmidt verabschiedete sich. Er musste sich unbedingt mit den anderen Vorstandsmitgliedern beraten. Langsam wurde ihm die Sache unheimlich.

Hintergründe

„Alle Indizien weisen auf einen Mord hin", stand in großen schwarzen Buchstaben als Aufmacher auf der Titelseite des Lokalblatts. Die Überschrift war irreführend, denn es gab bisher keine konkreten Verdachtsmomente für einen Mord. Die Journalisten hatten Bewohner und Mitarbeiter der Stiftung befragt. Aus den daraus gewonnenen Informationen schlossen die Journalisten auf einen Mord.

Vera Kallenbach war vor Entsetzen wie gelähmt, als sie nicht nur diese Überschrift las, sondern auch sich selbst auf dem beigefügten Bild im Kreise der Vorstandsmitglieder der Stiftung erkannte. Es war inzwischen eine Woche vergangen und immer noch lag kein Ergebnis der Obduktion vor. Das Bild war in makabrer Weise bei der Einweihung der neuen Aussegnungshalle der Stiftung aufgenommen worden. Unter dem Bild standen die Namen aller Vorstandsmitglieder, die sich sichtlich über den Neubau freuten, in dem die Angehörigen Abschied von den Verstorbenen nehmen konnten.

Von der Optimierung der Bestattung und ökonomischen Effizienz des Sterbens war im Text unter dem Titelbild zu lesen. Die Mitarbeiter der Stiftung waren die Profis für die Begleitung auf dem letzten Lebensweg. „Wurde der Geschäftsführer selbst ein Opfer der Firmenstrategie des „sanften Todes", und wer konnte Interesse an seinem Ableben haben?", wurde im Text gefragt.

Die Journalisten hatten keine Skrupel, ihre Finger in die Wunden der Stiftung zu legen und Themen aus der Vergangenheit aufzuwärmen.

Immer wieder war der Tod von Heimbewohnern aus der Sicht der Angehörigen viel zu schnell eingetreten. Aber der Stiftung war nie nachzuweisen gewesen, dass eine unzulässige Herbeiführung des Todes vorlag.

Fred Schumann hatte viele Feinde. Sein Führungsstil hatte in der Vergangenheit bei den Mitarbeitern der Stiftung sehr viel Unverständnis ausgelöst. Es schien ihm nichts auszumachen, dass die Zahl seiner Gegner stetig zunahm. Ein Mord als Ursache seines Todes war also nicht auszuschließen. Dies wäre für Vera Kallenbach nicht so beunruhigend gewesen, wenn diese Diagnose nicht genauso auf sie selbst zugetroffen hätte. In der Umsetzung des Lean Management, der „Verschlankung" und einer „Gewinnoptimierung", war sie neben Fred Schumann und Harry Eisele die Dritte im Bunde.

Vera Kallenbach war mit ihrem Beruf verheiratet und hatte deshalb schon gar keinen Versuch unternommen sich auf einen Mann einzulassen. Dadurch war ihr auch ein Verständnis für Mitarbeiter fremd, die neben dem Beruf auch noch ein Privatleben haben wollten. Die Stiftung stand im Mittelpunkt ihres Lebens, selbst die Gefährdung der eigenen Gesundheit nahm sie in Kauf um beruflichen Erfolg zu haben. Die Arbeit für die Stiftung hatte absolute Priorität.

Sie lebte in einer kleinen Eigentumswohnung, mit sehr schlichter, nüchterner Ausstattung.

Der einzige Luxus in ihrem Leben war ihr CLS Coupé von Mercedes. Dieser diente als Statussymbol, um mehr Respekt der Mitarbeiter vor ihrer Person zu erreichen. Vera Kallenbach liebte es Macht auszuüben. Sie konnte durch den Tonfall ihrer Stimme eisige Kälte um sich verbreiten.

Sobald sie ihren Willen durchgesetzt hatte, mutierte sie von einem Augenblick auf den anderen zur liebevollen Vorgesetzten. Überraschungen, wie das Ableben von Fred Schumann, hasste sie zutiefst, zumal dieser einer der Männer war, in welche sie auch ganz private Gefühle investiert hatte. Gemeinsam mit Harry Eisele und Fred Schumann bildeten sie für die Mitarbeiter des Unternehmens die „Achse des Bösen".

Als sie das erste Mal davon hörte, dass die Mitarbeiter hinter dem Rücken des Vorstandes die drei hauptberuflichen Vorstandsmitglieder als „Achse des Bösen" bezeichneten, war sie gekränkt und erbost. Harry Eisele war der Dritte im Bunde in der „Achse des Bösen". Er hatte zwar als Hauptberuf seine Unternehmensberatung, aber über die Jahre war er so viel für die Stiftung und in der Stiftung tätig, dass er fast mehr für die Stiftung arbeitete als für das eigene Unternehmen. Die Stiftung war für ihn de facto zum Hauptberuf geworden. Im Laufe der Zeit hatte sich Vera Kallenbach daran gewöhnt, zur „Achse des Bösen" zu gehören. Sie sah sich als eiserne Lady, ähnlich wie Margret Thatcher früher als britische Premierministerin, und genoss die Hassliebe, die ihr in der Stiftung entgegengebracht wurde.

Das Gefühl, mächtig zu sein, hatte von ihr Besitz ergriffen. Wenn Mitarbeiter schon bei ihrem Auftritt respektvoll zurückwichen oder Angst in ihren Augen zu sehen war, dann fühlte sie sich richtig wichtig und gut. Nun witterte sie eine akute Gefahr, da sich hier ein Racheakt gegen die Geschäftsführung abzeichnete.

Plötzlich trat an die Stelle des Erfolges und der Macht die eigene blanke Angst. Bei Verunsicherungen hatte sie stets die Nähe von Fred Schumann gesucht. Kaum war sie in seiner Nähe, dann kehrte das Gefühl der Sicherheit immer schnell zurück. Es wurde ihr bewusst, wie sehr sie seine Stärke vermisste. Gerüchte über eine intime Beziehung zwischen Fred Schumann und ihr waren immer wieder aufgeflammt. Auch Henriette Schumann hatte diese Gerüchte gehört und Vera Kallenbach zur Rede gestellt. Nachdem Henriette Schumann einen eigenen Liebhaber gefunden hatte, waren ihr die Beziehungen ihres Mannes jedoch gleichgültig. Solange der Schein einer guten Ehe nach außen gewahrt blieb, konnte Fred Schumann so viele Geliebte haben, wie er wollte.

Auch Vera Kallenbach vermutete, dass der plötzliche Tod des dynamischen, offensichtlich sehr gesunden und sehr erfolgreichen Geschäftsführers kein natürlicher Tod war. Der Zeitungsbericht bestärke sie in ihrer Meinung. Nun fürchtete sie um ihr eigenes Leben und beschloss in die Offensive zu gehen und das Motiv des Mörders oder der Mörderin herauszufinden.

Vera Kallenbach war das zweite Mitglied des Vorstandes, das die Kurfürsten Residenz betrat, um sich von Renate Schumann Informationen zu holen. Durch die Vermittlung von Fred Schumann waren Vera Kallenbach und Renate Schumann bei einer Stiftungsfeier zum persönlichen „Du" übergangen und sprachen sich mit Vornamen an, ohne dass sie dies gefühlsmäßig näher gebracht hätte. Ohne an die Tür zu klopfen trat Vera Kallenbach zügig in den Arbeitsbereich von Renate Schumann und schloss die Tür nach dem Eintreten, damit ihr Gespräch nicht von Fremden mitgehört werden konnte. Renate Schumann saß wieder, wie beim Eintreten von Heinrich Schmidt an ihrem Schreibtisch. Außer dem Bildschirm des Computers sah man nur einen Schreibblock und einen bunten Kugelschreiber vor ihr. Sie war so in die Arbeit vertieft, dass sie die Eintretende erst bemerkte, als diese die Tür etwas zu schwungvoll zuknallte. Sie erschrak etwas und betrachtete Vera Kallenbach mit einem strafenden Blick.

„Hallo Renate, ich wollte mich, wie gewohnt, einmal über den Stand der Qualitätsentwicklung in der Stiftung informieren." Vera Kallenbach bemühte sich darum, dass ihre Stimme einen bewusst sachlichen Ton behielt. „Grüß dich, Vera, bitte knalle die Tür nicht so zu, du weißt, dass ich dies nicht leiden kann! Wie du weißt, sind wir immer auf dem neuesten Stand und betreiben die Seniorenbetreuung und die Pflege auf höchstem Niveau. Alle Pflegeheime der Stiftung sind zertifiziert und die Kurfürsten Residenz hat, wie dir ja bekannt ist, auch in diesem Jahr den Landespreis für vorbildliche Seniorenbetreuung und Seniorenpflege gewonnen."

Renate Schumann hob ihren Kopf selbstbewusst und ihr stolzer Blick traf sich mit dem von Vera und stellte klar, dass sie nicht bereit war, die Qualität ihrer Arbeit infrage stellen zu lassen. „Du weißt, wie umstritten jede Form der Sterbehilfe noch vor Jahren im Vorstand und in der Öffentlichkeit war. Mich interessiert deshalb, wie ist die Erfahrung in der Praxis jetzt? Was sagt die Dokumentation, hat sich das vor Jahren festgelegte Verfahren bewährt?" Vera kam ohne Umwege direkt zu der Sache, die ihr auf den Nägeln brannte. „Interessant, dass plötzlich mehrere Personen bei mir auftauchen und zum „sanften Tod" Fragen stellen.

Kann es sein, dass ihr plötzlich Angst bekommt, weil die Umstände des Todes von Fred auf eine Fremdeinwirkung schließen lassen? Wollt ihr mir hier etwa etwas anhängen? Meine persönliche Abneigung gegen das vom Vorstand beschlossene Verfahren ist schriftlich dokumentiert und allen Mitgliedern des Vorstandes bekannt. Wie soll ich also jetzt deine Frage verstehen?"

Renate Schumann war intelligent genug um aus den Fakten die richtigen Schlüsse zu ziehen. Sie erhob sich entrüstet und stellte sich drohend und zum Kampf bereit vor Vera Kallenbach. Die Alarmglocken hatten bei ihr geläutet und Vera Kallenbach war sofort klar, dass sie nun sehr vorsichtig sein musste. „Bitte keine voreiligen Schlüsse, liebe Renate, niemand will dir etwas vorwerfen. Wir wissen alle, dass du ganz hervorragende Arbeit leistest, aber wir müssen gut informiert sein, falls die Ermittlungen der Kriminalpolizei unerwartete Ergebnisse bringen.

Der Ruf der Stiftung in der Öffentlichkeit darf unter keinen Umständen leiden, denn wir wissen, dass damit auch schnell Arbeitsplätze in Gefahr sind."

Renate Schumann verschränkte ihre Arme und ihre Augen verrieten die entstandene innere Distanz durch das Gehörte. „Lassen wir es gut sein, Vera, ich habe noch viel zu tun. Gibt es noch etwas sehr Wichtiges oder kann ich wieder an meine Arbeit?" Die Situation hatte sich sofort zugespitzt. Es drohte ein Krieg zwischen den Beiden auszubrechen. Die Spannung war fast mit den Händen zu greifen. „Ich sehe du hast alles im Griff", versuchte Vera Kallenbach sich locker zu geben.

„Ich melde mich wieder, sobald ich weitere Informationen benötige. Ich wünsche dir und der Familie deines Cousins viel Kraft für die Zeit der Trauer. Du machst eine gute Arbeit, der Vorstand ist stolz auf dich." Vera Kallenbach konnte im Moment keine Auseinandersetzung gebrauchen. Die persönlichen Worte waren ein geschickter Versuch das aufkommende Misstrauen bei Renate Schumann gleich im Keim wieder zu ersticken. Innerlich kochte sie vor Wut. Renate Schumann hatte den „Braten" gerochen und war ihr geschickt ausgewichen. Vera Kallenbach kehrte auf dem Absatz um und verließ das Zimmer von Renate Schumann so schnell und unhöflich, wie sie eingetreten war. „Eins zu null für dich, Renate, aber freu dich nicht zu früh, ich werde andere Wege finden um an meine Informationen zu kommen", sprach sie leise zu sich selbst, nachdem sie aus der Hörweite von Renate Schumann war.

Die letzten Verwandten des Stifters

Gräfin von Fallersleben war die letzte übrig gebliebene, entfernte Verwandte der Stifter Familie, die vor mehr als 125 Jahren die soziale und mildtätige Stiftung ins Leben gerufen hatte. Der Stifter war sehr vermögend und hatte keine eigenen Kinder. Er war ein harter und unbarmherziger Gutsbesitzer gewesen. Im Alter wurde er weicher und sein Gewissen belastete ihn sehr. Vieles war nicht mehr gut zu machen, weil die Personen nicht mehr lebten, denen er Böses getan hatte. In seinen letzten Stunden hatte er dem Pfarrer seine Sünden gebeichtet. Der Pfarrer war ein kluger Mann. Er hatte ihm die Absolution nur unter der Voraussetzung gewährt, dass er das jetzt noch in seiner Macht stehende tun würde, um eine Wiedergutmachung zu leisten.

So wurde die Idee geboren, eine gemeinnützige Stiftung ins Leben zu rufen. Der harte und unbarmherzige Gutsbesitzer stellte die Hälfte seines Vermögens als Stiftungskapital zur Verfügung. Am Anfang wurde die Stiftung von der Kirche und den Erben des Stifters gemeinsam geleitet. Dann zog sich die Kirche aus der Arbeit der Stiftung zurück, weil die Pfarrstelle einige Zeit nicht besetzt werden konnte.

Der Vater der Gräfin von Fallersleben war ein Cousin zweiten Grades des Stifters gewesen. Die Gräfin hatte bei ihrem Vater, der Arzt und Naturheilmediziner war, in jungen Jahren assistiert. Diese Zeit war für sie prägend und belastend zugleich.

Ihr Vater hatte neben den üblichen Heilpraktiken auch das Pendel benutzt, um mit der Hilfe magischer Kräfte Krankheitsursachen herauszufinden und zu heilen.

Als die Gräfin ihren Ehemann kennengelernt und geheiratet hatte, war sie froh, ihrem Vater nicht mehr assistieren zu müssen. Die in der Familie praktizierten naturheilkundlichen Essgewohnheiten hatte die Gräfin trotzdem, soweit sie dies für sich selbst für sinnvoll hielt, beibehalten.

Ihre gesunde Ernährung mit ausgewählten Naturprodukten und die täglichen langen Spaziergänge hielten die Gräfin körperlich fit. Bei ihr traf zu, dass in einem gesunden Körper ein gesunder Geist wohnt. Ihr Ehemann faszinierte sie aufgrund seines Glaubens. Er besprach alle seine Probleme mit Gott seinem Vater im Himmel und studierte täglich die Bibel. In seiner Nähe erlebte sie eine Geborgenheit, die sie bei ihrem leiblichen Vater nicht kennengelernt hatte. Sie war oft dabei, als ihr Vater den Körper von Menschen heilte. Trotzdem waren die geheilten Menschen danach nicht, wie es zu erwarten gewesen wäre, fröhlich, sondern seltsam bedrückt. Die Gräfin hatte hierdurch früh gelernt, dass körperliche Gesundheit nur die Hälfte eines Lebensglücks ausmacht. Bei ihrem Ehemann hatte sie das Gegenteil erlebt. Obwohl sie sich früh damit abfinden mussten, dass ihre Ehe kinderlos blieb, hatte er nie mit diesem Schicksal gehadert. Selbst als eine unheilbare Krankheit bei ihm festgestellt wurde, konnte ihn dies nicht entmutigen.

„Wenn wir die guten Tage aus Gottes Hand genommen haben, weshalb sollten wir dies nicht auch bei den schlechten Tagen tun", hatte er stets gesagt, und weiter war seine Devise: „Das Beste kommt noch, wenn ich in der Ewigkeit im Himmel angekommen bin." Die Gewissheit, dass ihn der Tod von seiner Frau nur für kurze Zeit trennen würde, gab ihm Halt bis zum Tod.

Dieselbe Glaubenskraft zeichnete nach seinem Tod nun auch seine Frau aus. Die Gräfin von Fallersleben unterstützte die Stiftung nicht nur finanziell, sondern galt als Garant für die gute Arbeit der Stiftung in der Öffentlichkeit. Sie war auch Vorsitzende des Fördervereins der Stiftung und die Tante des Verwaltungsleiters Manuel Pauli. Ihre Familie hatte nichts mit dem Dichter Hoffmann von Fallersleben zu tun, aber sie wurde immer wieder auf den Dichter und seine Literatur angesprochen. Im Wappen des Wolfsburger Ortsteils Fallersleben hatte sie viele rote Herzen gesehen. Mit diesen Herzen konnte sie sich schon eher identifizieren, denn sie hatte ein großes Herz für Kranke und Bedürftige.

Durch die Informationen ihres Neffen war sie immer über die Entwicklungen in der Stiftung umfassend informiert. Offiziell hatte sie mit der Leitung der Stiftung nichts mehr zu tun, aber man sagt ihr nach, dass sie über ihren Neffen, Manuel Pauli, einen guten Einfluss auf die Stiftung ausüben würde. Heute hatte sie Besuch. Ihr Neffe war gekommen, um seine Tante über die neuesten Erkenntnisse zum Ableben von Fred Schumann zu informieren. Auch bei der Gräfin hielt sich die Trauer um Fred Schumann in Grenzen.

Sie hatte ihm nie richtig über den Weg getraut, sodass die Erleichterung über das plötzliche Ableben wesentlich größer war als die Trauer um den Verstorbenen.

„Hallo, meine liebe Tante, ich freue mich, dich wieder einmal besuchen zu können." Mit einem sanften Kuss auf die Wange und einer herzlichen Umarmung brachte er seine Zuneigung stets gern zum Ausdruck. Die Gräfin hatte ihren Mann schon vor vielen Jahren verloren und war für jede Berührung dankbar.

Da sie keine eigenen Kinder hatte, war Manuel Pauli nicht nur der Lieblingsneffe, sondern auch zum Erben für ihr nicht unerhebliches Vermögen bestimmt. Auch einen eigenen Sohn hätte sie sicher nicht mehr unterstützen und fördern können als Manuel Pauli.

„Danke, mein lieber Manuel, die Freude ist ganz auf meiner Seite. Seit dem Ableben von Fred Schumann habe ich viel über die Verantwortung nachgedacht, die unsere Stiftung für unsere Mitarbeiter und die Bewohner unserer Einrichtungen hat. Einerseits muss die Würde eines sterbenden Menschen beachtet und respektiert werden, wenn dieser die Zeit seines Leidens abgekürzt haben möchte. Andererseits müssen Ärzte und Pflegekräfte sich im Grundsatz für die Erhaltung des Lebens einsetzen. Die Mitarbeiter dürfen nicht anfangen selbst über Leben und Tod zu entscheiden. Es ist gut, wenn die Beschäftigten in unseren Einrichtungen die Geduld haben warten zu können, bis unser Schöpfer einen alten und kranken Menschen in die Ewigkeit abberuft.

Der Leidensdruck einzelner Lebensschicksale belastet die Mitarbeiter stark. Wenn nun der einzelne Mitarbeiter etwas aus Mangel an finanziellen Mitteln in der Unsicherheit lebt, jederzeit ausgewechselt werden zu können und nicht wertgeschätzt wird, dann sehe ich Probleme. Ich hatte immer ein ungutes Gefühl, wenn ich über den Führungsstil nachdachte, den Fred Schumann hatte. Wie ging und wie geht es dir damit, mein lieber Neffe?" Die Gräfin kam ohne Einleitung direkt zu dem Thema, welches sie im Moment bewegte. Manuel Pauli konnte sich gut in seine Tante hinein fühlen.

Auch er fragte sich, ob in der Vergangenheit den Mitarbeitern zu viel abverlangt wurde. „Liebe Tante, mach dir nicht so viele Sorgen. Auch der Vorstand weiß, dass mit der zwischenmenschlichen Verantwortung den Mitarbeitern viel zugemutet wird. Deshalb bieten wir eine regelmäßige Supervision durch geschulte Psychologen an. Die soziale Kompetenz der Mitarbeiter ist für uns, trotz des ökonomischen Zwangs, nach wie vor primär wichtig. Die Defizite in der Sozialkompetenz haben in unserer pluralistischen Welt insgesamt zugenommen.

Vielleicht hätte Fred Schumann hier einen größeren Schwerpunkt auf die Weiterbildung der Mitarbeiter setzen sollen. Ich denke, dass es noch nicht zu spät ist den Führungsstil zu überdenken und mehr auf Empowerment zu setzen. Das heißt schwerpunktmäßig dem einzelnen Mitarbeiter durch Selbstbestimmung und Autonomie wieder mehr Verantwortung und Entscheidungsfreiheit zu geben. Viele, früher engagierte, Mitarbeiter sind durch den Führungsstil von Fred entmutigt und scheinen resigniert zu haben. Der Sinn der gesamten Arbeit scheint vielen Mitarbeiter nicht mehr richtig klar zu sein. In diesem Bereich kommt auf einen neuen Geschäftsführer eine große Herausforderung zu."

Manuel Pauli war dieser direkte Einstieg in die aktuellen Probleme zu schnell, deshalb versuchte er noch einmal, das Gespräch auf ein leichteres Thema zu lenken: „Aber lassen wir dieses unerfreuliche Thema. Du wolltest doch eine Reise mit der MS Deutschland buchen? Hat alles geklappt, wann geht die Reise los?"

Manuel Pauli hatte noch zu wenige Informationen über die Ereignisse der letzten Tage. Erst musste er sich selbst ein Bild vom Geschehen machen. Davor wollte er seine Tante auf keinen Fall beunruhigen.

Doch die Gräfin ließ sich nicht mehr vom Thema abbringen: „Ich kann jetzt keine Reise antreten, die Entwicklungen in der Stiftung sind viel zu spannend und ich will das aktuelle Geschehen zeitnah miterleben. Ich stehe mit meinem Namen für den Schutz und die Würde der Bewohner unserer Einrichtungen und habe mich immer für eine angemessene Wohn– und Betreuungsqualität eingesetzt. Ich habe das Gefühl in dieser schwierigen Situation dringend gebraucht zu werden. Gebraucht zu werden ist ein schönes Gefühl für eine alte Dame wie mich. Wenn wir im Alter keine Verantwortung mehr übernehmen, dann amputieren wir unser Menschsein und ich will human bleiben, solange ich lebe.

Du musst mich jetzt unbedingt regelmäßig besuchen und über den aktuellen Stand informieren, versprichst du mir das, lieber Neffe?"

„Aber natürlich, du bist ja schließlich meine Lieblingstante, aber ich möchte nicht, dass du dir unnötige Sorgen machst. Für das aktive Tagesgeschäft in der Stiftung hast du mich. Durch die auf den Kopf gestellte Alterspyramide in Deutschland kommen auf uns Probleme zu, die die ganze Gesellschaft lösen muss. Hier ist auch die Politik mehr gefragt als je zuvor. Ich weiß, dass du gute Beziehungen zu mehreren Abgeordneten hast und ich setze auch in Zukunft auf deinen Einfluss." Damit war für Manuel Pauli der geschäftliche Bereich abgeschlossen.

Er berichtete seiner Tante von seiner Familie, den guten Schulzeugnissen seiner Kinder und vom letzten Urlaub mit seiner Familie auf der Vulkaninsel Lanzarote. Durch die von der Sonne schön gebräunte Haut sah Manuel Pauli erholt und gesund aus. Die Gräfin nahm immer gern am Leben seiner Familie teil und vergaß auch als Tante nie die Kinder reichlich zu beschenken und an den Geburtstagen anzurufen. Trotz ihres Alters wollte sie immer auf der Höhe der Zeit sein. Ihr Neffe hatte ihr einen Internetanschluss installieren lassen und sie in die Handhabung eingeführt. So konnte sie über E-Mail Kontakt halten und bekam regelmäßig die aktuellen Bilder von Urlauben und Familienfeiern.

Gleichzeitig war sie dadurch auch immer über die Aktienkurse informiert und konnte notfalls schnelle Finanzentscheidungen treffen. Auch im Finanzbereich stimmte sie jede Entscheidung mit ihrem Neffen ab. Hierdurch wurde sie von manchem Fehler bewahrt und lernte auch sein ausgezeichnetes Fachwissen schätzen. Für die Mitarbeiter gehörte die Gräfin in der Stiftung zur „Achse des Guten" und wurde in Problemsituationen oft um ihre Hilfe oder Mediation gebeten. Die Gräfin genoss die weitere Konversation mit ihrem Neffen sichtlich und bat ihn, sie bald wieder zu besuchen.

Als Manuel Pauli das Gelände vor dem Haus der Gräfin verlassen hatte, griff die Gräfin zum Telefon, um sich ein Taxi zu bestellen. Es war an der Zeit, eine ihrer besten Freundinnen aus früheren Zeiten zu besuchen. Sie hieß Clara Pfefferkorn und wurde von der Gräfin stets liebevoll Klärchen genannt.

Als es Clara Pfefferkorn vor zwei Jahren nach einem unglücklichen Sturz schlecht ging, hatte ihr die Gräfin einen Platz in der Kurfürsten Residenz vermittelt.

Ihre Freundin verfügte nicht über die finanziellen Mittel, um in einem Vorzeigeobjekt wie der Kurfürsten Residenz zu wohnen. Sie glaubte daran, zu einem günstigen Zeitpunkt eine Wohnung zum Schnäppchenpreis angeboten bekommen zu haben und hatte auf Drängen der Gräfin den Umzug in die Kurfürsten Residenz gewagt. Nur der Heimleiter Jens Müller und die Gräfin wussten, dass die Gräfin einen Teil der Kosten trug.

Die Gräfin liebte es als verborgene Wohltäterin zu agieren. Allein wichtig war, dass es ihrer Freundin in der Kurfürsten Residenz gut ging. Im Gegensatz zum allgemeinen Trend, Gutes zu tun und darüber zu reden war die Auffassung der Gräfin, dass die Linke nicht wissen soll, was die Rechte tut. Sie fand es abstoßend, wenn Menschen sich selbst für Ihre guten Taten lobten.

Der Taxifahrer war grauhaarig und in den vielen Jahren, in denen er für die Gräfin fuhr, zum engen Vertrauten geworden. Mit einer vollendeten Verbeugung begrüßte er seinen Fahrgast. „Es ist mir wieder einmal eine große Ehre, Eure Hoheit zu begrüßen", lautete seine formvollendete Anrede. Im 17. Jahrhundert nannten sich die Kinder und die nächsten Verwandten von Fürsten, Königen und Kaisern, die Anspruch auf eine Krone erhoben, Hoheiten.In den Augen des Fahrers hatte die Gräfin einen Anspruch auf die Krone der Mildtätigkeit und Güte. Aber auch der Scharfsinn und der Tiefgang, der in den Gesprächen mit der Gräfin lag, faszinierten ihn immer wieder.

„Danke, genug der Ehre, für mich sind Sie der König der Landstraße und haben eine Auszeichnung für Ihre Höflichkeit verdient. Ich möchte meine Freundin in der Kurfürsten Residenz besuchen und den Anlass nutzen, mir ein Bild über den Service des Hauses zu machen.

Sie haben doch immer ein Ohr an der Seele des Volkes. Würden Sie, falls Sie das Geld dazu hätten, Ihre Mutter in der Kurfürsten Residenz unterbringen?"

Ihr Fahrer und Freund verzog unglücklich das Gesicht: „Können Sie mir keine leichtere Frage stellen? Sage ich ja, dann mache ich Sie als Miteigentümerin vielleicht glücklich, mich selbst aber unglücklich, weil ich nicht zum Lügen geboren bin. Sage ich nein, dann mache ich mich selbst unglücklich, weil ich mir vorwerfen muss, die Seele einer mir ans Herz gewachsenen Person betrübt zu haben.

„So steh ich nun, ich armer Tor und bin so klug wie je zuvor", wenn Sie mir gestatten, Johann Wolfgang von Goethe zu zitieren."

„Keine Sorge", entgegnete ihm die Gräfin mit liebevollem Blick. „Sie müssen mich nicht schonen. Ich weiß, dass einige Entwicklungen in meiner Stiftung zur Sorge Anlass geben. Sie tun meiner Seele also Gutes, wenn Sie Licht in das Dunkel bringen."
Einem Seufzer des Fahrers folgten zunächst einige Minuten der Stille. Man spürte förmlich, dass er jedes Wort vorsichtig auszuwählen versuchte, um die Gräfin nicht unnötig zu betrüben.

„Gut, Sie haben es so gewollt, beschweren Sie sich bitte später nicht. Der Volksmund hat für die Kurfürsten Residenz folgenden Spruch parat: „In der Kurfürsten Residenz, da lebt man gut und kurz und mancher lässt schon bald den letzten Furz!"' Die Gräfin konnte ein lautes Lachen nicht unterdrücken.

Es war makaber, platt und machte sie traurig, aber trotzdem lag ein gewisser Witz in den Sprüchen des Volkes.

„Wie ist Ihre Einschätzung? Scheiden manche Menschen in der Kurfürsten Residenz zu früh aus dem Leben? Glauben Sie, dass aktive Sterbehilfe geleistet wird?" wandte sie sich in ihrer gewohnt direkten Art wieder an ihren Fahrer.

„Fragen Sie mich bitte nicht, woher ich es weiß, aber ich bin mir ganz sicher, dass in der Kurfürsten Residenz nicht alles mit rechten Dingen zugeht." Diese Antwort war nun doch offener und ehrlicher, als es sich die Gräfin gewünscht hatte. Stille trat ein. Die Gräfin hatte genug gehört. Ihre schlimmsten Befürchtungen wurden von allen Seiten bestätigt. Hoffentlich ging es ihrer lieben Freundin gut und es war noch nicht zu spät, sie vor Schaden zu bewahren. Ihr Tod konnte niemandem etwas nützen, deshalb gehörte sie sicher zu den Personen in der Kurfürsten Residenz, die am wenigsten in Gefahr waren.

Als sie auf den Parkplatz der Kurfürsten Residenz einbogen, war das Haus in die sanfte Abendsonne gehüllt und zeigte sich von seiner besten Seite als Stätte der Geborgenheit für einen ruhigen Lebensabend. Sie bedankte sich herzlich für die Fahrt und vereinbarte eine feste Uhrzeit für die Rückfahrt. Klara Pfefferkorn lebe noch und erfreue sich bester Gesundheit, war die erfreuliche Nachricht, die die Gräfin bei ihrem Eintreffen erhielt. Die Dame an der Pforte war freundlich und zuvorkommend. Sie war noch nicht lange bei der Stiftung und erkannte die Gräfin als Mitglied des Vorstands nicht.

Dies war ihr lieb und bot Gelegenheit, die Kundenfreundlichkeit sofort zu testen. „Wären Sie so liebenswürdig, mich zum Zimmer meiner Freundin zu begleiten oder haben Sie jemanden, der dies tun kann? Ich neige dazu, mich leicht zu verlaufen und deshalb wäre mir dies eine große Hilfe!"

Die Empfangsdame schüttelte verneinend ihren Kopf: „Ich darf die Pforte nur für einen kurzen Gang zur Toilette verlassen, sonst riskiere ich meinen Arbeitsplatz. Sie müssen das nächste Mal vor ihrem Besuch rechtzeitig anrufen, dann können wir Ihnen eine Begleitperson stellen. Falls Sie sich trotz unserer guten Beschilderung verlaufen, bitte ich Sie, den in jedem Flur angebrachten Notruf auszulösen. Der dann eintreffende Mitarbeiter ist auf jeden Fall verpflichtet ihnen weiterzuhelfen. Ich weiß, das Ganze klingt etwas seltsam, aber ich habe die Vorschriften nicht gemacht."

Die Gräfin bedankte sich höflich. Sie würde sich nicht verlaufen. Vielleicht wäre es doch besser gewesen sich als Vorstandsmitglied zu outen. Die Demütigung, als alte hilfsbedürftige Frau eingestuft zu werden, wäre ihr erspart geblieben.

Zielsicher steuerte sie auf das Zimmer der Freundin zu. Vielleicht war ein Überraschungsbesuch doch keine so gute Idee gewesen.

Nun gab es kein Zurück mehr. Entschlossen betätigte sie die Türklingel in froher Erwartung die geliebte Freundin gesund und fröhlich wiederzusehen.Nichts rührte sich. Nach längerem Warten entschloss sich die Gräfin die Türklinke nach unten zu drücken. Ihre Freundin fand sie ruhig im Bett schlafend vor.

Es schien alles in Ordnung zu sein. Sicher hatte Klärchen nur ihren verdienten Nachmittagsschlaf bis zum frühen Abend verlängert und die Türklingel nicht gehört.

Das kleine Einzimmerappartement war mit einem Bett, einer Sitzgruppe und einem eleganten Wohnzimmerschrank aus massivem Nussbaumholz ausgestattet. Das Zimmer war aufgeräumt und geschmackvoll eingerichtet. Es bedurfte einiger Mühe, Klärchen aus dem Reich der Träume zu wecken. Erst ein sanftes Streicheln der Wangen und ein intensives Bewegen der Arme und Hände brachten den gewünschten Erfolg.

Klärchen benötigte einige Zeit, um in die Gegenwart einzutauchen. „Toni, endlich kommst du", kam es stockend über die Lippen der Freundin. Die Gräfin hieß mit Vornamen Antonia, wurde aber von allen nur Gräfin genannt. „Ich bin schwach und liege fast nur noch im Bett. Sie sagen mir nicht, was mit mir los ist. Seit einer Umstellung meiner Tabletten komme ich nicht mehr zu Kräften. Ich habe nach dir rufen lassen. Man hat mir mitgeteilt, dass du selbst nicht mehr in der Lage bist, dein Haus zu verlassen. Nun bist du hier, welch eine große Freude für mich." Die Gräfin war bestürzt. „Wer hat dir denn solchen Unsinn erzählt?". Eine Pause trat ein. „Weshalb sollte ich daran zweifeln? Ich hatte euren Geschäftsführer Fred Schumann angerufen, weil mir einige Sterbefälle in der Kurfürsten Residenz merkwürdig vorkamen. Er war sehr freundlich und versprach sich der Sache anzunehmen.

Aus Rücksicht auf deine Gesundheit bat er mich inständig dich aus allem herauszuhalten. Er versprach, sich persönlich meiner Angelegenheit anzunehmen."

Der Blick der Gräfin fiel auf die auf dem Nachttisch der Freundin liegende Tablettenbox. „Musst du diese Tabletten alle einnehmen?", war ihre spontane erstaunte Frage.

„Im Prinzip ja, aber ich nehme schon einige Tag gar keine Tabletten mehr ein und merke, wie sich mein Allgemeinzustand langsam bessert. Ich kann dir schon einen ganzen Beutel mitgeben. Ich habe die Tabletten heimlich gesammelt. Dennoch lebe ich täglich in der Angst, dass jemand kommt und mir den Schierlingsbecher reichen will." Damit spielte sie auf die Hinrichtung des Sokrates im Jahr 399 vor Christus an, dessen Getränk der Saft des gefleckten Schierlings beigemischt wurde. Der Vergiftete stirbt dabei an einer von den Füßen aufsteigenden Lähmung und erstickt bei vollem Bewusstsein.

„So schlimm wie bei Sokrates wird es schon nicht werden. Schon vor Christus hat man den Delinquenten zusätzlich Mohnextrakt beigemischt, um ihnen den Tod zu erleichtern. Du hast dir nichts zuschulden kommen lassen, weshalb sollte dich jemand so qualvoll töten? Trotzdem werde ich deinen Tablettenbeutel mitnehmen, um feststellen zu lassen, welche Medikamente du wirklich benötigst. Nun lass uns aber über die schönen vergangenen Tage reden. Für die Zukunft werde ich eine gute Lösung finden.

Um kein unnötiges Risiko einzugehen werde ich meinen Neffen Manuel Pauli ins Vertrauen ziehen. Er hat als Vorstandsmitglied genügend Einfluss, um für deine persönliche Sicherheit zu sorgen."

Die beiden Freundinnen vertieften sich in die gemeinsame Vergangenheit. Die Gräfin freute sich sichtlich darüber, wie bei ihrer Freundin Klara Pfefferkorn die Lebenskraft und Lebensfreude zurückkehrte.

Beim Abschied versprachen sie sich, in Zukunft regelmäßigen Kontakt zu pflegen und gegenseitig ein Auge aufeinander zu haben. Die Untersuchung der mitgegebenen Pillen würde sicher nur den Verdacht der Gräfin bestätigen, dass man ihrer Freundin Psychopharmaka gegeben hatte, um eine lästige Kritikerin ruhig zu stellen. Fred Schumann konnte nicht mehr zur Verantwortung gezogen werden, aber die Qualitätssicherung in der Kurfürsten Residenz hatte versagt und dies konnte die Gräfin nicht akzeptieren. Die Sache würde für einige Mitarbeiter unangenehme Konsequenzen haben. Die Gräfin war gnadenlos, wenn es um die Fürsorge für anvertraute Menschen ging.

Auf dem Flur wurde die Gräfin von ihrer Freundin noch einmal zurückgerufen. „Eins hätte ich fast vergessen, dir zu sagen. Zufällig habe ich mitgehört, dass in der Kurfürsten Residenz in größerem Umfang Glücksspiel betrieben wird. Die Bewohner nennen dieses Glücksspiel „Todesroulette". Es wird ein großes Geheimnis um dieses Glücksspiel gemacht. Ich konnte nur herausfinden, dass unser „Rudi" mit bürgerlichem Namen Rudolf Schleifenstein, der Urheber dieses Glücksspiels sein soll. Vielleicht hat die falsche Medikamentengabe ihre Ursache im Glücksspiel.

Spielsüchtige Menschen sind zu schlimmen Taten fähig. Aber ich kann nur vermuten und möchte niemanden zu Unrecht verdächtigen."

Die Gräfin war sichtlich bestürzt. Glücksspiel in der Stiftung: War dies möglich? Welche Abgründe würden sich noch auftun, wenn sie weiter nachforschte. „Mach dir keine Sorgen,", versuchte sie, ihre Freundin zu beruhigen, „vielleicht handelt es sich um ein ganz harmloses Gesellschaftsspiel, das einige Bewohner gegen die Langeweile spielen und sich damit wichtig zu machen versuchen." Langsam und nachdenklich machte sie sich auf den Weg nach Hause.

Schmerzhafte Einschnitte

„Die gemeinnützige Stiftung von Fallersleben entlässt 50 Mitarbeiter", diese unangenehme Nachricht, kombiniert mit einem Bild zum 125-jährigen Jubiläum der Stiftung mit lachenden Vorstandsmitgliedern hatte die Lokalzeitung mit fetten Lettern abgedruckt. Kurz vor seinem Tod hatte Fred Schumann eine folgenschwere Entscheidung getroffen. Der schon seit längerer Zeit in eine Servicegesellschaft ausgegliederte Bereich der Gebäudereinigung hatte trotz mehrmaliger Versuche der Rationalisierung jahrelang rote Zahlen geschrieben. Die Einführung eines eigenen Haustarifs für diesen Bereich hatte zwar kurzfristig die Kosten gesenkt, aber die Maßnahme blieb ohne Nachhaltigkeit.

Der Zeitpunkt des Erscheinens dieser Nachricht war kurz nach den negativen Schlagzeilen zum ungeklärten Tod des Geschäftsführers für die Stiftung denkbar ungünstig. Intern hatte sich längst herumgesprochen, dass die Servicegesellschaft abgewickelt und in Absprache mit der Agentur für Arbeit in eine Transfergesellschaft überführt werden sollte.

Im Artikel wurde geschickt angedeutet, dass ein Zusammenhang zwischen dieser Maßnahme und dem Ableben von Fred Schumann bestehen könnte. Leichtfertig und ohne wichtigen Grund sei die Entscheidung von Fred Schumann getroffen worden und er hätte sich sicher damit Feinde gemacht, war im Artikel zu lesen. Eigentlich stand das Bild mit dem Artikel in keinem inhaltlichen Zusammenhang, aber es suggerierte dem Leser geschickt, dass den Vorstand das Schicksal der Mitarbeiter offensichtlich wenig berührte.

Vielleicht hatte einer der von der Entlassung stehenden Mitarbeiter beim Tod des Geschäftsführers nachgeholfen. Entlassungen haben immer Existenzängste zur Folge und bei impulsiven Menschen konnte man als Folge von drohenden Entlassungen Mord oder Selbstmord nie ganz ausschließen.

Der Journalist betonte, dass das Kerngeschäft der Stiftung gesund sei und die Stiftung seit vielen Jahren schwarze Zahlen schreibe. Erst im vergangenen Jahr hatten sich die leitenden Mitarbeiter eine üppige Gehaltserhöhung gegönnt. Trotzdem war der Vorstand der Stiftung davon überzeugt, dass ohne die Trennung von diesem Unternehmensteil die ganze Stiftung in Gefahr sei. Es war durch diese Darstellung für den Leser naheliegend, dass nicht die schlechte Geschäftslage, sondern die Selbstbedienungsmentalität des Managements für die Entlassungen ursächlich war.

Fred Schumann hatte den berichtenden Journalisten wegen seiner populistischen Berichterstattung in der Vergangenheit mehrmals scharf verurteilt. Der Artikel war eine offensichtliche Retourkutsche gegenüber einem Toten und zeigte, dass Fred Schumann mit seiner Kritik an dieser Art von Journalismus offensichtlich richtig gelegen hatte. Die Zeitung hatte die gleichen Ziele wie Fred Schumann Umsatzsteigerung und Gewinnmaximierung, egal zu welchem Preis.

Auch die einzige noch lebende Person aus der Stifterfamilie, Gräfin von Fallersleben, wurde genannt. An die Person der Gräfin knüpfte der Journalist nun die Hoffnung, dass die Entscheidung für die Auflösung der Servicegesellschaft wieder rückgängig gemacht wird.

In der Gebäudereinigung arbeiteten die einfachen Menschen im Niedriglohnbereich. Gerade für diese ärmere Bevölkerungsschicht hatte sich die Gräfin in der Vergangenheit besonders eingesetzt.

Die Gräfin hatte immer das gesellschaftliche Leben gefördert und sich für die Schaffung und den Erhalt von Arbeitsplätzen stark gemacht. Nun hofften die Mitarbeiter auf ihre Intervention und erwarteten ihre Hilfe. Von der Gräfin war den Mitarbeitern bekannt, dass ein Bibelwort ihrer Lebenseinstellung zugrunde lag: „Gutes tun und mit anderen zu teilen, vergesst nicht, denn solche Opfer gefallen Gott."

Dass die Gräfin Gott gefallen wollte, daran bestand kein Zweifel, denn sie war als eine bescheidene und fromme Frau bekannt. Dabei kam es nicht häufig vor, dass sie selbst einen Gottesdienst besuchte und sich in der frommen Öffentlichkeit sehen ließ. Die Gräfin betonte immer wieder, dass es schwerer sei, dass ein Reicher ins Himmelreich kommt, als dass ein Kamel durch ein Nadelöhr geht. So sah sie ihren Reichtum nur wie eine Leihgabe von Gott und nicht als einen persönlichen Besitz.

Sie war sich auch bewusst, dass nur die Menschen wirklich von Herzen anderen Gutes tun können, die sich selbst Gutes tun. Es war ihr fremd sich durch ihre guten Werke den Himmel erkaufen zu wollen. Warum hätte sie dies tun sollen, wenn ihr Vermögen nur eine Leihgabe von Gott war? Ihr ganzes Leben gehörte Gott und er hatte sie in ihrem schon langen Leben reich gesegnet. Dies war für sie Grund genug, die Mitmenschen an diesem Segen Anteil haben zu lassen.

Die Gräfin war für die Mitglieder der Kirche dennoch ein Ärgernis, weil die reichen Gläubigen von der Bevölkerung an der Gräfin gemessen wurden und das mildtätige, gesellschaftliche Engagement der anderen mit der Großzügigkeit der Gräfin in der Regel nicht mithalten konnte.

Auch wurde ihr der seltene Kirchenbesuch von Mitgliedern des Kirchenvorstands übel genommen. Ungeachtet dessen, zollte man von Seiten der normalen Gemeindemitglieder der Gräfin großen Respekt und Achtung. Einen großen Anteil am guten Ruf der Stiftung hatte ohne Zweifel die authentische Lebensweise der Gräfin, da bei ihr der Glaube und die Taten übereinstimmten.

Die Schlagzeilen in der Hamburger Lokalzeitung waren für den bisher sehr guten Ruf der Stiftung ein herber Rückschlag. Klaus Sandershausen und Manuel Pauli hatten alle anderen Termine abgesagt, um gemeinsam zu besprechen, wie die Stiftung auf diese Veröffentlichung reagieren konnte, um einen größeren Schaden zu vermeiden. Im Krisenmanagement geübt waren der Vorsitzende und sein Stellvertreter ohne Frage. Sie waren sich sicher die Kuh schnell vom Eis bringen zu können und waren gerade bei der Erarbeitung der Stellungnahme für die Presse als eine neue Schreckensnachricht sie erreichte.

Die Chefsekretärin überbrachte die Nachricht persönlich. Vera Kallenbach lebte nicht mehr. Beim Aussteigen aus ihrem Mercedes hatte sie ein mit hoher Geschwindigkeit vorbeifahrender Jeep-Fahrer gerammt und schwer verletzt. Als der Notarzt eintraf, kam schon jede Hilfe zu spät. Der Fahrzeuglenker verließ fluchtartig und unerkannt den Unfallort. Keiner der Zeugen hatte sich das Kennzeichen des flüchtigen Fahrzeugs gemerkt.

Der Zeitpunkt dieses tragischen Unfalls hätte nicht ungünstiger sein können, denn nach dem Tod von Fred Schumann war langsam wieder die Normalität zurückgekehrt. Durch den erneuten unerwarteten Todesfall war es mit der inneren Ruhe und Sicherheit bei Klaus Sandershausen vorbei.

Entsetzt starrte er die Chefsekretärin an. So weiß im Gesicht und fassungslos hatte diese den Vorsitzenden noch nie erlebt. Minutenlang war es ruhig. Dann hatte Klaus Sandershausen das innere Gleichgewicht wiedergefunden. „Bringen Sie uns bitte einen Cognac", kam es stockend von seinen Lippen, „und dann lassen Sie uns bitte allein." Leise schloss sich die Tür hinter der Sekretärin, nachdem sie schweigend eine Flasche Cognac und zwei Gläser auf den Tisch gestellt hatte. Lähmende Stille breitete sich aus.
Die Gedanken kreisten in den Köpfen der beiden Manager. Das Geschehene ergab keinen Sinn. Die neue Nachricht war so unerwartet und schockierend, dass ihnen ein strukturiertes Denken

unmöglich war. „Das Glück des Tüchtigen hat uns verlassen. Irgendjemand will die Stiftung kaputt machen. Dieser Unfall ist sicher kein Zufall, da steckt Methode dahinter", Manuel Pauli fand zuerst die Sprache wieder und machte sich sofort auf die Suche nach einem Schuldigen. Eine Managementmethode, die bisher immer zum Erfolg geführt hatte.

War ein Schuldiger ausgemacht, ob zu Recht oder zu Unrecht, dann konnte man eine Abwehrstrategie aufbauen. Was steckte also hinter dem Geschehen? Wer war der Feind? Manuel Pauli war fest davon überzeugt, dass hinter allem Bösen in der Welt Personen steckten, die man bekämpfen konnte. „Du hast Recht.

Wir haben es offensichtlich mit einem Psychopathen zu tun. Vielleicht sind wir die Nächsten auf seiner Liste", stimmte Klaus Sandershausen ihm zu. Er nahm die Cognacflasche um sie ins Tageslicht zu halten, aber er konnte keine verdächtige Veränderung der Farbe des Weinbrands erkennen. „Meine Chefsekretärin scheint uns nicht vergiften zu wollen, aber wir müssen ab sofort auf der Hut sein", ermahnte er Manuel Pauli zur Achtsamkeit.

Ein weiteres konzentriertes Arbeiten war nicht mehr möglich. Die Presse musste auf die Stellungnahme der Stiftung zu den geplanten Entlassungen warten. Klaus Sandershausen nahm den Telefonhörer, um die Kriminalpolizei anzurufen. Die Sache wurde ihm zu gefährlich.

Nachdem er dem Kommissar den Zusammenhang der beiden Todesfälle erklärt hatte, bat er ihn für einige Tage um Polizeischutz für die verbliebenen Mitglieder des Vorstandes und äußerte die Hoffnung, dass die Ermittlungen der Polizei schnellen Erfolg haben möchten.

„Es handelt sich nur um eine Vorsichtsmaßnahme. Wir dürfen jetzt keinen Fehler machen und wir lenken die Öffentlichkeit von den Entlassungen ab, wenn wir uns vor einem unbekannten Feind schützen lassen. Wir werden von Tätern zu Opfern und gewinnen Zeit zum Handeln", wandte er sich erneut an Manuel Pauli. Klaus Sandershausen hatte die Fassung wiedergefunden und wollte Manuel Pauli nicht zeigen, dass es die pure Lebensangst war, die ihn veranlasst hatte, um Personenschutz zu bitten. Manuel Pauli dachte an seine Frau und seine Kinder. In seinen Gedanken hatte er sich bisher nicht damit beschäftigt, vergiftet zu werden. Nun hatte sich die Situation durch den zweiten Todesfall geändert.

Vielleicht lauerte die Gefahr überall. Der Polizeischutz war eine Hilfe, aber nicht wirklich eine Beruhigung. „Lass uns bis auf weiteres auf der Hut sein. Es gilt jetzt, den Kopf nicht zu verlieren. Das Leben geht wie gewohnt weiter. Vielleicht ist ja alles nur Zufall und es gibt für beide Todesfälle natürliche Ursachen. Lass uns morgen alles Weitere besprechen. Das Geschehen dieses Tages muss ich erst einmal verarbeiten", versuchte auch Manuel Pauli wieder die innere Ruhe zu finden. Dieser Vorschlag war Sandershausen sofort willkommen.

Klaus Sandershausen benötigte jetzt Zeit, um seine Gedanken zu sortieren. Sie verließen das Büro mit gegenseitig aufmunternden Worten und dem Vorsatz, aufeinander zu achten. Die Chefsekretärin saß schluchzend vor ihrem Computer. Auch sie wurde nach Hause geschickt und das Telefon auf Anrufbeantworter umgestellt.

Organhandel

Professor Dr. med. Heinrich Schmidt erreichte die Nachricht vom Tod von Vera Kallenbach auf einem Ärztekongress mit dem Schwerpunkt Organtransplantation. Heinrich Schmidt war ein gern gesehener Gast auf diesen Veranstaltungen, weil er durch seine zahlreichen Kontakte und seine Tätigkeit in der Stiftung sowohl als Lieferant von Körpern für wissenschaftliche Zwecke wie auch als Organkunde bekannt war. Auch wenn manchen wohlhabenden Senioren eine Spenderniere nur noch für eine begrenzte Lebensspanne helfen konnte und die Lebensqualität erhöhte, so waren sie dennoch bereit, eine größere Summe Geld für ein Spenderorgan zu zahlen. Obwohl öffentlich verboten und an der Grenze der Legalität, wurden die Ärztekongresse von einigen Personen als Plattform für den Organhandel missbraucht.

Heinrich Schmidt war davon überzeugt, dass er selbst sich immer im legalen Bereich bewegte. Manche Vergünstigungen und Geldzuwendungen zeigten jedoch, dass er in der Gefahr stand, selbst ein Organ zu verlieren, sein Herz. Er liebte das Geld und den Luxus. Schon jetzt würde ihn eine Offenlegung seiner Einkünfte in den Verdacht der Korruption bringen. Aber er fühlte sich sicher und genoss seine gesellschaftliche Stellung in vollen Zügen.

Die Informationen von Renate Schumann zur Sterbehilfe in der Stiftung hatten den Professor nur kurz verunsichert und in die Beziehung zu Fred Schumann hatte er persönlich nur wenig Gefühl investiert.

Deshalb war für ihn der Tod von Fred Schumann schnell innerlich abgehakt. Umso heftiger traf ihn jetzt die Nachricht vom Tod Vera Kallenbachs.

In attraktive Frauen investierte er ohnehin mehr Gefühle und mit Vera Kallenbach verstand er sich immer gut. Sie war eine sehr intelligente Frau gewesen und der Professor genoss die Gespräche mit ihr, weil die Konversationen stets auf einem hohen geistigen und fachlichen Niveau stattgefunden hatten. Da viele Mitarbeiter der Stiftung ein heimliches Verhältnis zwischen Vera Kallenbach und Fred Schumann vermuteten, hatte er bisher keinen Versuch gemacht, ihr auch körperlich näherzukommen. Trotzdem hatte ihn Vera Kallenbach immer wieder in Versuchung gebracht. In ihrer Nähe hatte er sich wohlgefühlt. Sie war ihm ausgesprochen sympathisch gewesen. Ihr Tod traf ihn deshalb gefühlsmäßig heftiger als der Tod von Fred Schumann.

Wenn es einen Zusammenhang zwischen den beiden Todesfällen gab, dann war Eifersucht als Motiv nicht auszuschließen. Vera Kallenbach kannte andererseits auch das Geschäft mit den Körpern der verstorbenen Senioren und wusste von den Einkünften aus der Vermittlung von Spenderorganen aus Ländern der Dritten Welt. Vielleicht hatte sie versucht, Geschäfte auf eigene Rechnung zu machen und war aus Geldgier zu einer Gefahr für ein illegales Netzwerk geworden.

Während die Spender einer Niere einen Betrag von 500 bis 1000 Euro erhielten und damit für ihre Verhältnisse vorübergehend wohlhabend wurden, war ein Empfänger oft bereit, das Zehnfache und mehr für ein Organ zu bezahlen. Eines der exportierenden Länder war Indien mit vermuteten mehr als tausend Nierenexporten im Jahr.

Der Bedarf im eigenen Land konnte nicht immer gedeckt werden, weil ein Export, auch wenn er illegal war, sehr viel mehr Geld einbrachte als eine Verwendung im eigenen Land. Im eigenen Land wurde eine Spende für Verwandte und Angehörige oftmals noch als kostenloser Akt der Solidarität erwartet. Es gab starke Kräfte in Indien, die eine Liberalisierung des Organspendermarktes voranzutreiben versuchten. Für die arme Bevölkerung waren 500-1000 Euro ein kleines Vermögen und für die Händler waren die Organe ein glänzendes Geschäft. Die Einnahme wirkte jedoch nicht nachhaltig, wie eine Studie des indischen Gesundheitsministeriums ergab. Die wirtschaftlichen Verhältnisse der armen Schicht verbesserten sich durch die Organspende nicht.

Bis die oft sehr armen Spender ihre Schulden bezahlt und Kleider für die Familie gekauft hatten, war das Geld fast aufgebraucht. Meist blieben den Spendern nur noch die gesundheitlichen Schäden durch die Entnahme des Organs, wenn das Geld verbraucht war. Nicht selten starben die Spender sogar an den Komplikationen, die bei der Organentnahme auftreten konnten. Doch die Empfänger der Organe wuschen ihre Hände in Unschuld.

In einer Umfrage gaben gerade einmal drei Prozent der Empfänger an, jemals etwas vom lukrativen Handel auf Kosten der Ärmsten der Armen gehört zu haben. Die Nierenspender waren häufig junge mittellose Frauen. In den meisten indischen Familien kannte man Personen, die schon einmal ein Organ gespendet hatten. Am meisten verdienten die Organhändler und die nachfragenden Ärzte an den Organen.

Die höchsten Gelder wurden inoffiziell unter der Hand für eine erfolgreiche Vermittlung bezahlt. Hier flossen Geldsummen, die ausreichten, labile oder geldgierige Menschen in Versuchung zu führen. Da der Organhandel eine Goldgrube darstellte, versuchte Heinrich Schmidt über einen Lobbyisten auf das Gesundheitsministerium Einfluss zu nehmen. Durch den Fortschritt in der Medizin war es inzwischen möglich immer mehr Menschen mit Organen zu versorgen. Nicht nur der zunehmende Alkoholismus in der Gesellschaft bereitete den Boden für Transplantationen sondern auch der zunehmende Altersdiabetes und Fortschritte in der Herzchirurgie. Ein riesiger Markt für den gewerblichen Organhandel versprach hohe Wachstumsraten.

Unbeachtet blieb im Bereich der Transplantation, dass die Patienten ihr weiteres Leben auf Medikamente angewiesen bleiben, damit die fremden Organe nicht abgestoßen werden und ein erhöhtes Risiko besteht an Infektionskrankheiten zu erkranken, welches wiederum dazu führt, dass sich die Intensivstationen füllen und gut ausgelastet werden. Heinrich Schmidt wußte dies alles. Er beruhigte sich damit, dass er wußte, dass die Pharmaindustrie in vielen Bereichen die Bequemlichkeit der Menschen nutzte um Milliardenumsätze mit der Unvernunft der Menschen zu machen. Allein schon die Milliardenumsätze mit den Diabetikern und die umfassende Versorgung der Menschen mit Blutdrucksenkern zeigte ihm, dass viele Menschen sich am Gesundheitsbereich eine goldene Nase verdienen, sodass er sich seinen Anteil an Schuld kleinreden konnte.

Die Todesnachricht von Vera Kallenbachs Ableben hatte Manuel Pauli dem Professor per WhatsApp auf sein iPhone geschickt, ohne die Todesumstände näher zu beschreiben. Was war das nur für eine Welt? Zwei Todesfälle in der Stiftungsleitung innerhalb so kurzer Zeit waren auch für einen nüchternen, im Beruf oft mit dem Tod konfrontierten Menschen, wie Professor Heinrich Schmidt, zu viel. Der Kongress war für ihn jetzt unwichtig. Heinrich Schmidt musste sich Klarheit verschaffen, was hinter diesen beiden Todesfällen steckte. War die zeitliche Nähe ein Zufall oder handelte es sich gegebenenfalls um den gleichen Mörder? Welches Motiv lag zugrunde? Waren weitere Personen in Gefahr? Es gab viele Fragen.

Heinrich Schmidt beantwortete die Nachricht per WhatsApp und bedankte sich bei Manuel Pauli für die Benachrichtigung. Danach vereinbarte er ein Treffen mit Klaus Sandershausen und Harry Eisele.

Da es sicherer war, einen neutralen Ort zu wählen, um in Ruhe beraten zu können, kamen sie überein, sich im Hotel Steigenberger ein kleines Konferenzzimmer reservieren zu lassen. Im Autoradio hörte der Professor in den Nachrichten die ersten Details über den Tod von Vera Kallenbach. Der Nachrichtensprecher neigte zu der Theorie, dass es sich um keinen zufälligen Todesfall im Straßenverkehr handeln konnte, weil der Unfall bei schönem Wetter und ruhigen Verkehrsverhältnissen geschah. Seine Vermutung ging mehr in Richtung eines Eifersuchtsdramas, da es sich bei Vera Kallenbach um eine attraktive, noch ledige Frau handelte. Es war nicht ungewöhnlich, dass einem gehörnten Ehemann aus Eifersucht die Sicherungen durchbrannten. Solche schrecklichen Taten waren dann die Folge.

Eine Gesellschaft mit zunehmender Zahl an Patchwork- Familien wurde als mögliche Quelle solcher Dramen genannt. Offensichtlich hatte Heinrich Schmidt einen konservativen Radiosender eingestellt, denn der Verlust an Werten in der Gesellschaft wurde im Zusammenhang mit dem Todesfall beklagt und eine Rückkehr zu Werten wie Treue, Verbindlichkeit und Verantwortung gefordert. Er stellte das Radio aus, um sich besser seinen eigenen Gedanken hingeben zu können.
Die zentrale Frage stellte sich für ihn darin, ob es einen Zusammenhang zwischen den beiden Todesfällen gab und welche Bedeutung dies für die verbliebenen Mitglieder des Vorstandes haben könnte. Er erinnerte sich an einen Auftritt von Vera Kallenbach bei einer Stiftungsfeier in einem tief ausgeschnittenen, fast durchsichtigen Abendkleid.

Selbst in seiner Erinnerung löste dies noch erotische Impulse in seinem Körper aus. Auch seiner Frau war die Wirkung von Vera Kallenbach an diesem Abend nicht verborgen geblieben.

Seine Frau hatte ihre Missbilligung eindeutig zum Ausdruck gebracht und ihm damit gedroht, die Feier augenblicklich zu verlassen, wenn er seine begehrlichen Blicke nicht von ihr lassen würde. Genügend Gründe für ihre Eifersucht hatte Heinrich Schmidt seiner Frau sicher des Öfteren gegeben, aber ein Mord war ihr nicht zuzutrauen, dessen war er sich absolut sicher. Neben seinen intimen Beziehungen zu Renate Schumann konnte Professor Heinrich Schmidt sich noch an zahlreiche andere Damen erinnern, mit denen er sich während seiner Ehe vergnügt hatte.

Eine der zahlreichen Geliebten umzubringen, hätte für seine Frau wenig Sinn gemacht. Schöne Frauen waren seine Schwäche und dies war nicht erst seit seiner Hochzeit so. Die verborgenen Liebesverhältnisse hatten einen besonderen Reiz und er war nicht gewillt, zugunsten seiner Ehe auf diese Abenteuer zu verzichten. Es musste ein anderes Mordmotiv geben, wenn es sich nicht herausstellte, dass es doch nur ein unglücklicher Unfall ohne Tötungsabsicht war.

Der dunkelrote Jaguar war Heinrich Schmidt schon länger aufgefallen. Nachdem er mehrmals abgebogen war, konnte es kaum noch ein Zufall sein, dass der Wagen ihm in größerem Abstand folgte.

Der Professor drosselte die Geschwindigkeit seines Wagens, setzte den rechten Blinker, denn er hatte sich entschlossen, seitlich zu parken und zu warten, wie sich das folgende Fahrzeug daraufhin verhalten würde. Der Jaguar fuhr an ihm vorbei, um nach kurzer Zeit auch rechts zu halten. Der Jaguar hatte getönte Scheiben, sodass Heinrich Schmidt den Fahrer nicht genau sehen konnte. Er wurde vom Fahrer des Jaguars beobachtet. Heinrich Schmidt entschloss sich, einer Begegnung aus dem Weg zu gehen.

Er führte zwar einige Zeit schon eine eigene Waffe im Handschuhfach mit sich und hatte auch einen Waffenschein, aber er war kein geübter Schütze, deshalb war es nicht ratsam, sich unnötig in Gefahr zu begeben. Er entschloss sich zu einer schnellen Wendung auf der Straße. Dann bog er in eine Seitengasse ein. Wie erwartet, konnte er schon nach einigen Minuten wieder den dunkelroten Jaguar im Rückspiegel sehen. Der Verfolger hielt einen ziemlich großen Abstand, um unbemerkt zu bleiben. Er unterschätzte den Professor und dies war sein Fehler. Heinrich Schmidt kannte sich in dieser Wohngegend sehr gut aus und so gelang es ihm mühelos, den Verfolger nach kurzer Zeit abzuschütteln.Da sie als geheimen Treffpunkt das Hotel Steigenberger gewählt hatten, war zu vermuten, dass der Verfolger ihn bei der Stiftungsverwaltung vergeblich erwarten würde. Zügig fuhr der Professor weiter, um sich möglichst schnell mit seinen Vorstandskollegen besprechen zu können.

Nachdem er sein Fahrzeug am Eingang abgegeben hatte, damit es in der Hotelgarage geschützt geparkt werden konnte, betrat er mit der ihm eigenen Selbstsicherheit das Hotel, in dem seine Freunde schon auf ihn warteten.

Die freundliche und helle Eingangshalle des Hotels mit seiner in edlem Nussbaumholz ausgelegten Rezeption versetzten den Professor in eine seltsame Stimmung. Obwohl er sich in einer offensichtlichen Stresssituation befand, rief die Umgebung bei ihm ungewollt erotische Gefühle hervor. Das Servicepersonal bestand hauptsächlich aus attraktiven jungen Damen, deren Figur durch die gut geschnittene Berufskleidung hervorragend betont wurde.

Die Blusen verfügten über ein ausreichend großes Dekolletee und ließen wohlgeformte Brüste ahnen. Aufgrund der zahlreichen Liebesabenteuer, auf die der Professor in diesem Hotel zurückblicken konnte, war es normal, dass sein Körper sofort mit erotischem Begehren reagierte.

Er zwang sich zur Nüchternheit und beließ es bei genießerischen Blicken und einer sachlichen Anmeldung.

Er wurde sofort erkannt und mit Freude im Hotel begrüßt. Der Tagungsraum befand sich im achten Stock und bot einen schönen Ausblick auf den Hamburger Hafen und die ins warme Sonnenlicht getauchte Elbe. Heinrich Schmidt liebte das Hotel auch, weil der Ausblick seinen eigenen Horizont erweiterte und neues Denkpotenzial bei ihm freisetzte.

Entschlossen betrat er den mit einem mit weißen Punkten gemusterten Velourteppich ausgelegten Raum.

Seine Vorstandskollegen saßen schon auf den frei schwingenden Ledersesseln und hatten jeder eine Tasse Cappuccino in den Händen. An der Wand war ein Flip-Chart bereitgestellt worden, damit die Besprechungspunkte auf dem vorbereiteten Papier festgehalten werden konnten. Der Flip-Chart, eine von einem amerikanischen Unternehmensgründer und Vertriebspionier erfundene Aufzeichnungsform, bestand aus einem Ständer und einem unliniierten weißen großformatigen Papier, das mit bunten Filzschreibern beschrieben oder mit Diagrammen versehen werden konnte. Der Ständer war zum Innenraum zeigend aufgestellt worden und das Papier war noch jungfräulich unbenutzt. Sofort erhoben sich Klaus Sandershausen und Harry Eisele höflich, um den Professor herzlich zu begrüßen.

„Hallo Heinrich, schön, dass du so schnell kommen konntest. Wir brauchen dich und deine Lageeinschätzung jetzt in dieser schwierigen Situation sehr dringend. Wir dürfen keinen Fehler machen und müssen einen kühlen Kopf behalten." Klaus Sandershausen machte ein ernstes und besorgtes Gesicht. „Ich schließe mich dem voll und ganz an. Es kann sein, dass es nicht nur um das Wohl und den Fortbestand der Stiftung geht, sondern auch um eine Gefahr für das Leben von weiteren Mitgliedern des Vorstandes.

Wir treffen uns ohne Manuel Pauli, damit die Gräfin zunächst aus dem Geschehen herausgehalten wird. Wir wissen alle, wie eng seine Beziehung zu ihr ist", warf Harry Eisele ergänzend ein.

„Eine kluge Entscheidung, wenn jemand am wenigsten einer Gefahr ausgesetzt ist, dann ist dies Manuel Pauli. Trotzdem werden wir ihn und die Gräfin mit ihren guten Kontakten in der Öffentlichkeit brauchen, damit wir die bedrohliche Situation gut überstehen. Nun lasst uns zunächst die Informationen zusammentragen, damit wir uns ein gemeinsames Bild machen können", gab der Professor zur Antwort.

Klaus Sandershausen trat an den im Raum bereitgestellten Flip-Chart und schrieb zwei Namen auf das vorbereitete Blatt: Fred Schumann und Vera Kallenbach. In zwei Rubriken wollte er zunächst sammeln, welche Gemeinsamkeiten die Todesfälle hatten und welche gravierenden Unterschiede zu erkennen waren. „Machen wir zunächst eine Stoffsammlung. Was kannst du, lieber Heinrich, an Informationen dazu beitragen?" begann er und seinem Gesicht war die Erregung anzusehen, die ihn erfasst hatte.

„Beide haben einmal das gleiche Gymnasium besucht und waren als einzige Mitglieder des Vorstands im Lions Club unserer Stadt. Beide fuhren einen silbernen C-Klasse Mercedes und waren sehr ehrgeizig. Der einzige äußere Unterschied, der mir sofort einfällt, ist, dass Vera Kallenbach zu einem anderen Geschlecht als Fred Schumann gehörte und aufregend attraktiv war." Heinrich Schmidt konnte sich ein vergnügliches Grinsen bei diesen Worten nicht verkneifen. „Charakterlich waren sie dagegen sehr unterschiedlich. Fred Schumann war geradlinig und autoritär, aber berechenbar. Vera Kallenbach war gefühlsabhängig und die Mitarbeiter haben unter ihren Launen gelitten. Mir persönlich haben auch ihre Launen Spaß bereitet, denn sie haben die erotische Anziehung gesteigert.

Aber ich will nicht aus dem Nähkästchen plaudern, denn unsere Situation ist ernst und wir sind Vera Kallenbach im Angesicht ihres Todes Respekt schuldig." Der Professor hatte zu viele Tote gesehen und Sterbeprozesse erlebt, um sich vom Tod noch emotional berühren zu lassen. Nur wenn sein eigenes Leben in Gefahr kam, dann konnte man seine Selbstsicherheit erschüttern.

Klaus Sandershausen notierte die Schlagworte Gymnasium, Mercedes, Lions Club und bei Unterschieden den Führungsstil. Sein Blick richtete sich nun auf Harry Eisele, der bei dem Gesagten zustimmend genickt hatte. „Wir sollten auch noch bedenken, dass Henriette Schumann ein Vermögen für ihr Schuhmuseum ausgibt. Auch in diesem Bereich wäre ein Motiv denkbar, falls die beiden Todesfälle nur rein zufällig zeitlich so nah beieinander liegen. Vielleicht war es Fred Schumann leid, ein Vermögen für Schuhe auszugeben und er hat seiner Frau den Geldhahn zugedreht. Eine besondere Vorliebe für Schuhe ist mir bei Vera Kallenbach nicht aufgefallen, sodass ich in dieser Beziehung keine Gemeinsamkeit zwischen Vera und Henriette sehen kann."
Harry Eisele unterbrach kurz, bis Klaus Sandershausen das Stichwort „Schuhmuseum" notiert hatte, um danach seine Überlegungen weiter auszuführen.

„Beide waren stille Teilhaber eines Bestattungsinstituts. Um welches Institut es sich handelt, weiß ich allerdings nicht. Ich habe nur ganz zufällig ein Gespräch der beiden mitgehört, in dem es um einen größeren Geldbetrag für eine anstehende Investition ging. Solange die Arbeit der Stiftung davon nicht tangiert wird, ist gegen eine solche Geldanlage ja nichts einzuwenden.

Inzwischen frage ich mich, ob hier nicht doch ein Interessenskonflikt zur Arbeit der Stiftung besteht oder eine unzulässige Begünstigung zum eigenen Vorteil vorlag. Fred war verheiratet und Vera eine ledige Karrierefrau, die mit ihrem Beruf verheiratet war."

Klaus Sandershausen schrieb die Wörter Bestattungsinstitut, Interessenskonflikt und Familienstand auf. „Aus meiner Sicht kommen noch weitere Punkte hinzu. Beide waren attraktiv und vom jeweils anderen Geschlecht begehrt und umworben. Sie waren hoffnungslos hetero veranlagt. Sie wussten um ihre Wirkung und hatten Freude daran mit den Gefühlen der anderen zu spielen. Sie wussten ihre erotische Anziehung für den eigenen Vorteil zu nutzen. Heinrich versteht sehr gut, wovon ich dabei rede. Vera war gegenüber Fred stets loyal und hat die Sparziele im Pflegedienst rigoros umgesetzt. Quantität ging vor Qualität. Darin waren Fred und Vera einig. Unterschiedlich waren sie in der Beurteilung der aktiven Sterbehilfe. Während Fred Schumann Sterbehilfe begrüßt hat, wurde diese von Vera abgelehnt. Die Schwester von Vera ist körperlich behindert und Vera hing sehr an ihr und hatte stets alles dafür getan, sie am Leben zu erhalten."

Durch die Stichworte erotische Anziehung, Sparziele und Sterbehilfe ergänzt, ergab sich eine ganze Liste von interessanten Ansätzen zur Beurteilung der Lage. Die drei Vorstandsmitglieder befanden sich jetzt auf für sie gewohntem Terrain. Es war für einen sachlichen Umgang mit der Situation sehr nützlich, die gewohnten Managementmethoden anzuwenden. Nun war es wichtig, die Gebiete herauszufiltern und zu bearbeiten, in denen ein Motiv für einen Racheakt stecken konnte.

Sie konnten sich darauf einigen, dass der Feind im Umfeld zu suchen war. Die verbliebenen Mitglieder des Vorstandes konnten aus ihrer Sicht nicht zum Kreis der Verdächtigen gehören, selbst wenn dies natürlich theoretisch eine Möglichkeit darstellte. Die Aufgaben wurden gleichmäßig verteilt.

Der Vorsitzende wollte sich die Handelsregisterauszüge der als Kommanditgesellschaft mit stillen Teilhabern geführten Bestattungsunternehmen besorgen, um zu ermitteln, ob darunter Fred Schumann und Vera Kallenbach zu finden waren. Harry Eisele wurde beauftragt, den Lions Club zu besuchen und vorsichtig Informationen einzuholen. Da Harry Eisele ohnehin schon sehr abgenutzte Schuhe trug und den Kauf neuer Schuhe immer wieder verschoben hatte, bot sich an, das Nützliche mit einer Recherche zu verbinden. Er wollte sich beim Schuhkauf vorsichtig umhören, ob Probleme zwischen Henriette und Fred Schuhmann bekannt geworden waren.

Heinrich Schmidt bot sich als Kunde des Mercedeshändlers an, um im Umfeld des Autohauses zu recherchieren. Bezüglich des Motivs der Eifersucht wollten alle drei Augen und Ohren offen halten und sich gegenseitig über neue Erkenntnisse informieren.

Es gab ihnen ein gutes Gefühl, eine gemeinsame Strategie zu haben und dies gab ihnen ihre alte Selbstsicherheit zurück. Sie mussten jetzt einfach schneller sein als die Polizei und der Täter. Mit Worten der gegenseitigen Aufmunterung und der wiederholten Zusage, aufeinander zu achten, trennten sie sich, um sich wieder den vielfältigen Aufgaben ihres Berufes zu stellen.

Das Netzwerk

Manuel Pauli war von der Todesnachricht sichtlich mitgenommen, als er das Büro des Vorsitzenden verließ. Er dachte an die stets gute, wenn auch distanzierte Beziehung, die ihn Vera Kallenbach verbunden hatte. Ihre Zuverlässigkeit und ihre Fachkompetenz hatten ihn stets sehr beeindruckt. Die Zielstrebigkeit, mit der sie ihre Projekte im Vorstand vertrat, war bemerkenswert. Trotzdem war zwischen ihnen immer eine emotionale Distanz geblieben, die sich Manuel Pauli nicht erklären konnte.

In so kurzer Zeit zwei Führungskräfte zu verlieren war für die Stiftung eine kleine Katastrophe. Ein Zusammenhang zwischen den beiden Todesfällen war für ihn nicht erkennbar. Sein Mitgefühl galt im Besonderen den Angehörigen und er machte sich Sorgen um die Stiftung. Für ihn als regelmäßigen Zeitungsleser waren aber auch die kritischen Stimmen zur Arbeit der Stiftung nicht verborgen geblieben.

Manuel Pauli war wie allen anderen verbliebenen Vorstandsmitgliedern Polizeischutz angeboten worden. Er hatte Polizeischutz abgelehnt, denn er konnte sich nicht vorstellen, dass irgendjemand einen Grund haben könnte, ihn zu töten. Aber ungewöhnlich war es schon, dass sich die Ereignisse so zeitnah abspielten und von der Gräfin wusste er, dass die kritischen Stimmen zur Arbeit der Stiftung zugenommen hatten. Falls es tatsächlich Vorgänge in der Stiftung gab, die zu berechtigter Sorge einen Anlass boten, dann war es jetzt höchste Zeit, dies herauszufinden.

Die Hausleitung der Kurfürsten Residenz lag in der Hand eines seiner besten Freunde. Sein Freund hatte diese Stellung unter anderem auch seiner Fürsprache zu verdanken. Jens Müller war so kompetent und qualifiziert, dass es keiner großen Anstrengung bedurfte, den Vorstand davon zu überzeugen, dass dieser Mann genau der Richtige war, um die Kurfürsten Residenz zu führen und in der Öffentlichkeit zu vertreten. Auch die Gräfin kannte die Familie von Jens Müller schon sehr lange und hatte dessen Berufung unterstützt. Jens Müller war inzwischen acht Jahre für die Einrichtung verantwortlich und hatte Manuel Pauli immer zuverlässig Fakten geliefert, auf deren Richtigkeit er sich verlassen konnte. Wenn es in der Vergangenheit Unregelmäßigkeiten oder problematische Entscheidungen gegeben hatte, dann war er sicher darüber informiert worden.

Gemeinsam mit Jens Müller und der Gräfin bildeten sie ein starkes Netzwerk. Bei diesem Netzwerk war auf jedes Mitglied absoluter Verlass. Manuel Pauli fuhr für ein Vorstandsmitglied einen bescheidenen VW Touran. Da er eine große Familie und einen großen Freundeskreis hatte, waren immer wieder Personen mitzunehmen. Deshalb hatte er sich für den 7-Sitzer entschieden. Durch den verbrauchsarmen Dieselmotor waren die Kosten in vertretbarem Rahmen und Manuel Pauli betrachtete das Auto stets als Gebrauchsgegenstand und nicht als Prestigeobjekt. Er bog mit seinem VW Touran in die Einfahrt der Kurfürsten Residenz ein und stellte ihn auf den Parkplatz für das Personal.

Er freute sich auf die Begegnung mit seinem Freund Jens, mit dem er stets auch in dienstlichen Angelegenheiten auf Augenhöhe gesprochen hatte. Es gab zwischen ihnen keine sichtbare Hierarchie, obwohl Manuel Pauli seinem Freund gegenüber offiziell weisungsbefugt war. Das Arbeitszimmer von Jens Müller lag direkt neben der Pforte, sodass er dem Alltagsgeschäft stets auch räumlich nahe war. Manuel hatte Glück. Sein Freund hatte sein Kommen schon beobachtet und kam ihm am Eingang entgegen.

„Toll, dich wieder einmal bei mir zu sehen", begrüßte Jens seinen alten Freund herzlich, während er ihn liebevoll in den Arm nahm. „Danke, so eine Begrüßung tut einem wieder richtig gut", antwortete dieser freudig. Die beiden Freunde zogen

sich in das helle, mit Kiefernmöbeln ausgestattete Arbeitszimmer von Jens Müller zurück. Der stets bereitstehende Kaffee und der in der Kurfürsten-Residenz immer reichlich vorhandene Kuchen ließen eine gemütliche Atmosphäre entstehen, die von den beiden Freunden genutzt wurde.

Nachdem die neuesten familiären Informationen ausgetauscht waren, wurde auch über die aktuelle Entwicklung in der Stiftung gesprochen. „Die beiden Todesnachrichten haben mich erschüttert", berichtete Jens seinem Freund, „aber nicht alle in der Stiftung sind darüber wirklich traurig." Auch Manuel wusste, dass Vera Kallenbach und Fred Schumann nicht nur Freunde hatten.

„Kannst du dir vorstellen, dass jemand an ihrem Tod interessiert war, und könnte es sich beim Tod von Vera Kallenbach auch um Mord handeln?"

Manuel Pauli war es sichtlich schwergefallen, diesen Verdacht in Worte zu fassen. „Auch mir ist dieser Gedanke gekommen, denn Vera Kallenbach ließ sich nie in die Karten sehen und unter der Hand wird davon gesprochen, dass sie Kontakte zum internationalen Organhandel hatte. Dort geht es um viel Geld und nachdem sie ihren letzten Skiurlaub in Liechtenstein verbracht hatte, konnte man auch unter der Hand die Vermutung von Steuerhinterziehung hören. Ich habe dieses Gerede nicht beachtet, denn erfolgreiche Menschen stehen oft unter dem Verdacht, dass sie ihre berufliche Stellung missbrauchen. Einen konkreten Hinweis auf ein Fehlverhalten gab es jedenfalls nicht und mir persönlich gegenüber hat sich Vera Kallenbach immer korrekt und sachlich einwandfrei verhalten.

Anders ist die Situation in Bezug auf Fred Schumann. Nachdem sich einer unserer Heimleiter wegen seiner Personalführung das Leben genommen hatte, war es um ihn sehr einsam geworden. Auch in der Kurfürsten Residenz gibt es Personen, die offen darüber reden, dass sie Fred Schuman abgrundtief gehasst haben. Die Stimmung in der Kurfürsten- Residenz hat sich durch den Tod von Fred Schumann wesentlich gebessert. Man könnte fast sagen, dass sein Tod Freude ausgelöst hat." Manuel Pauli hatte seinem Freund stumm zugehört. Er versuchte, das Gesagte einzuordnen.

„Könnte es sein, dass dieser Hass auch auf andere Mitglieder des Vorstands übertragen wurde? Fred Schumann hätte ja schließlich ohne den Segen des Vorstands seinen autoritären Führungsstil nach dem Vorfall nicht weiter aufrechterhalten können. Wir hatten Fred Schumann damals natürlich gerügt und versucht, auf seinen Führungsstil Einfluss zu nehmen. Bei uns entstand der Eindruck, dass er sich dadurch nachhaltig geändert hatte, denn die Beschwerden aus der Belegschaft hatten abgenommen."

Sein Freund Jens schüttelte den Kopf. Er machte ein ernstes Gesicht. „Vielleicht habe ich zu lange geschwiegen. Die Wirkung des Geschehens war schon nach einigen Monaten vorbei und der alte Führungsstil war wieder da. Geändert hatte sich nur, dass die Mitarbeiter dadurch noch mehr Angst vor Repressalien bekamen und sich kaum noch einer getraute, öffentlich etwas gegen Fred Schumann zu sagen. Sicher wird der Vorstand von der Belegschaft in Sippenhaft genommen. Falls eine Gefahr von einem Mitarbeiter ausgeht, dann ist sicher der ganze Vorstand betroffen. Du hast vermutlich durch deine allen bekannte Freundschaft zur Gräfin einen Bonus und bist am wenigsten gefährdet." Manuel hatte so etwas befürchtet, sein Weg zu seinem Freund hatte sich gelohnt. Es ist immer wertvoll einen guten Freund zu haben.

„Und wie sind deine ganz persönlichen Gefühle? Für mich war die Zusammenarbeit im Vorstand immer sehr angenehm und ohne größere Spannungen. Ich kann aus meiner persönlichen Erfahrung sagen, dass ich mit Vera Kallenbach und Fred Schumann immer einvernehmlich und harmonisch gearbeitet habe.

Du siehst mich etwas bestürzt über die Sicht der Mitarbeiter." Aus dem Gesicht von Manuel Pauli war die Überraschung über das Gehörte ablesbar.

„Vermutlich ist dir nicht bewusst, dass beim Führungsstil in der Stiftung die Hierarchieebene eine wesentliche Rolle spielt. Du bist anders. Für dich hat jeder Mensch, unabhängig von seiner beruflichen Stellung, die gleiche Würde und den gleichen Wert als Geschöpf Gottes. Für deine Vorstandskollegen Vera Kallenbach und Fred Schumann richtete sich der Wert des Menschen nach der beruflichen Stellung und dies haben sie die Mitarbeiter auch merken lassen. Da du auch Mitglied im Vorstand bist, blieb dir diese Denkweise verborgen und so lebtest du in einer heilen Welt".

Nach einer kleinen Pause wechselte Jens Müller das Thema: „Doch es gibt noch andere Gerüchte, die mir Sorgen machen. Seit einiger Zeit gibt es unter den Bewohnern der Kurfürsten- Residenz Geheimnisse, die mit den Todesfällen in meiner Senioren-Residenz in Zusammenhang zu stehen scheinen. Bei unserem Bewohner Rudi Schleifenstein scheinen dabei die Fäden zusammenzulaufen. Offensichtlich ist dabei auch Geld im Spiel, denn das Einkommen von Rudi Schleifenstein entspricht seit einiger Zeit nicht mehr seinem Lebensstil. Ich habe ihn persönlich angesprochen.

Ich war aber nicht in der Lage, ihm irgendetwas zu entlocken. Er erzählte mir von einem entfernten Verwandten, von dem er in unregelmäßigen Abständen unterstützt werde.

Es scheint Rudi Schleifenstein und den anderen Bewohnern zu gefallen, ihre Geheimnisse zu haben, und ich habe es bisher für unverhältnismäßig gehalten, intensive Nachforschungen anzustellen oder einen Detektiv zu engagieren.

Ich habe auch nicht den Eindruck, dass sich die Aktivitäten gegen die Stiftung oder gegen Mitarbeiter der Stiftung richten. Ich vermute, dass es sich um eine Form des geheimen Glücksspiels handelt, denn es wird immer wieder Geld gesammelt und verteilt. Bei Senioren ist es wie bei Kindern. Sie möchten ihre kleinen Geheimnisse haben und können sehr böse werden, wenn wir uns unerlaubterweise einmischen. Trotzdem wäre ich dir sehr dankbar, wenn du dich auch einmal umhörst und mir hilfst herauszufinden, ob es sich tatsächlich nur um ein harmloses Spiel handelt oder am Ende doch kriminelle Energie dahinter verborgen ist."

Manuel Pauli hatte die neu gewonnenen Erkenntnisse erst zu verarbeiten und die Zeit war während ihres Gesprächs wie im Flug vergangen. Ein Blick auf die Uhr zeigte ihm, dass es Zeit zum Abschied wurde. Die Freunde verabschiedeten sich herzlich und Manuel fuhr zurück zur Verwaltung, um die nächsten Termine wahrzunehmen.

Familiäre Probleme

Als Manuel Pauli wieder einmal viel zu spät nach getaner Arbeit zu seiner Familie zurückkam, erwartete ihn eine in Tränen aufgelöste Ehefrau: „Ich habe soeben einen Anruf von deinem Vater bekommen. Er hat deine Mutter auf dem Fußboden in der Küche in bewusstlosem Zustand gefunden. Der sofort gerufene Notarzt vermutet einen Schlaganfall. Er war ganz aufgelöst und konnte kaum ganze Sätze bilden.

Ich habe so lange auf dich mit dem Essen gewartet und nun ist mir der Appetit gründlich vergangen. Weshalb kannst du nicht einmal früher nach Hause kommen. Die Arbeit ist nicht das Leben. Die Stiftung macht dich noch kaputt. Ich möchte auch etwas von dir haben. Die Kinder brauchen dich und jetzt offensichtlich auch noch deine Eltern. Deine Mutter ist im Universitätskrankenhaus und dein Vater erwartet dich dort, aber du solltest jetzt trotzdem erst etwas essen, damit du mir nicht auch noch zusammenbrichst."

Manuel Pauli traf der Redeschwall seiner Frau nach einem harten Arbeitstag schwer. Er wusste, dass sie Recht hatte, wenngleich er es nicht voraussehen konnte, dass seine Mutter einen Schlaganfall bekommen würde. Durch die angespannte Situation in der Stiftung hatte er seine Familie vernachlässigt. Nun wurde er gebraucht und er wollte sich dieser Verantwortung auch nicht entziehen.

Nachdem Manuel Pauli schnell ein paar Bissen hinunterge-
schluckt hatte, ohne wirklich zu realisieren, was er als Essen zu
sich nahm, verabschiedete er sich schon wieder von seiner immer
noch in Tränen aufgelösten Frau, um seinen Eltern im Krankenhaus beizustehen. „Ich werde es wieder gutmachen, das verspre-
che ich dir", flüsterte er seiner Frau beim Abschied ins Ohr, um sie
nicht ganz ohne Trost zurückzulassen.

Er liebte seine Frau und es belastete ihn schon längere Zeit, dass
ihm der Beruf immer weniger Zeit ließ, sich um seine Familie zu
kümmern. Wie die meisten Männer fühlte er sich am wohlsten,
wenn die Probleme mit sachlichen Lösungen aus der Welt geschafft wurden. Er nahm sich fest vor, bald Urlaub zu machen und
die versäumte Zeit mit der Familie nachzuholen. Jetzt galt es seinen eigenen Eltern beizustehen.

Er zwang sich, logische Lösungen für das weitere Leben seiner Eltern zu überlegen. Er hatte sich nie darüber Gedanken gemacht,
dass seine eigenen Eltern pflegebedürftig werden könnten. Wenn
seine Mutter ein Pflegefall werden sollte, dann würde sein Vater
sicher damit überfordert sein. Dass seine Mutter in ein Pflegeheim kommen könnte, war für Manuel Pauli unvorstellbar. Andererseits konnte er seiner Frau, wenn er realistisch war, die Pflege
ihrer Schwiegermutter nicht auflasten.

Also blieb nur die Hoffnung, dass keine schweren, bleibenden
Schäden zurückbleiben würden. Er schickte ein Stoßgebet für
seine Mutter zum Himmel und war dankbar, dass das Krankenhaus einige Kilometer entfernt lag. Damit blieb ihm Zeit, unterwegs seine Gedanken zu ordnen.

Manuel Pauli kam gerade zur richtigen Zeit zur Notfallambu-
lanz und traf seinen Vater im Gespräch mit dem diensthabenden
Arzt an. Er stellte sich kurz vor und erfuhr, dass das Zeitfenster
von höchstens drei Stunden, das für eine erfolgreiche Behandlung
eingehalten sein musste, durch das schnelle Handeln seines Vaters auch eingehalten werden konnte. Es bestand Hoffnung, dass
seine Mutter wieder ganz gesund werden würde. Vater und Sohn
nahmen sich stumm in die Arme.

Sie waren erleichtert. Trotzdem dauerte es einige Minuten bis
Manuel Pauli seinen Gefühlen durch Worte einen Ausdruck geben
konnte. „Ich habe meine Frau, meine Kinder und euch in den letzten Monaten zu sehr vernachlässigt. Ich möchte es wiedergutmachen. Wenn ich ehrlich bin, weiß ich noch nicht, wie und ob ich
die Kraft habe, allen Anforderungen gerecht zu werden, die auf
mich einströmen. Erinnere mich daran, falls mir diese Einsicht im
Alltag des Lebens wieder abhandenkommt", wandte er sich
schließlich mit einer aufrichtigen Bitte an seinen Vater. „Ich kann
dich nur zu gut verstehen", gab dieser zurück. „Wenn ich die Uhr
zurückdrehen könnte, dann würde auch ich sicher mehr Zeit für
die Familie einplanen, aber für mich ist dies zu spät. Ich werde
dich an dein Versprechen erinnern, darauf gebe ich dir mein
Wort.

Du kannst gleich damit beginnen. Ich brauche dich jetzt hier
nicht mehr. Geh zu deiner Familie. Ich werde dich anrufen, sobald
ich mit deiner Mutter sprechen konnte. Ich glaube, es reicht aus,

wenn sie weiß, dass ich nicht von ihrer Seite weiche. Vielleicht könnt ihr am Wochenende als Familie kommen.

Du weißt, wie sehr deine Mutter sich über ihre Enkelkinder freut. Herzliche Grüße an deine Familie." Vater und Sohn nahmen Abschied und Manuel Pauli war froh, dass seine schlimmsten Befürchtungen nun wohl doch nicht eintreffen würden.

Die Fahrt zurück zur Familie bot Gelegenheit, dem Stoßgebet ein Dankgebet zum Himmel folgen zu lassen. Er war stolz auf seinen Vater, der selbst in der eigenen Not noch auf die Sorgen seines Sohnes eingehen konnte. Er nahm sich fest vor, einem guten Vater ein guter Sohn zu sein und kehrte erschöpft, aber zufrieden zu seiner Familie zurück.
Der Zufall wollte es, dass auch ein anderes Vorstandsmitglied mit den Problemen der eigenen Familie konfrontiert wurde. Die Mutter von Harry Eisele war schon vor drei Jahren gestorben und sein Vater war sichtlich geschockt und entwurzelt zurückgeblieben. Trotz einer Haushaltshilfe und der Versorgung durch einen mobilen Menüservice kam er mit dem Leben nicht zurecht. Harry Eisele verfolgte seit längerer Zeit mit Sorge den zunehmenden Hang seines Vaters zum Alkohol. In immer kürzeren Abständen war er gesundheitlich so am Ende gewesen, dass ein Krankenhausaufenthalt notwendig wurde. Aber immer wieder hatte sich sein Vater stabilisiert und konnte seine Selbstständigkeit behalten. Nur ein schleichender Gedächtnisverlust, den er bei seinem Vater feststellte, hatte Harry Eisele Sorgen gemacht.

Obwohl er damit gerechnet hatte, kam die Diagnose einer stark fortschreitenden Demenz seines Vaters durch den Hausarzt für Harry Eisele zu früh.

Der Umzug in ein Pflegeheim war nicht mehr zu vermeiden und Harry Eisele hätte seinem Vater gern ein unwürdiges Lebensende erspart. Ein längeres Siechtum im Pflegeheim hatte Harry Eisele immer als unmenschlich empfunden und der Gedanke war unerträglich, dies vielleicht beim eigenen Vater erleben zu müssen. Obwohl er in solchen Fällen bei anderen Personen die aktive Sterbehilfe als Alternative immer toleriert hatte, sagten ihm seine Gefühle, dass er beim eigenen Vater weder passive noch aktive Sterbehilfe als Möglichkeiten in die enge Wahl nehmen würde. Es war schon erstaunlich, wie sich die Dinge änderten, wenn man persönlich betroffen war.

Harry Eisele war fest entschlossen, für seinen Vater das beste Pflegeheim der Umgebung zu finden, damit er seine letzten Monate oder Jahre gut versorgt werden würde. Harry Eisele wusste auch schon, welches Pflegeheim in Frage kam. Das Pflegeheim „Haus Abendsonne" wurde von den Schwestern des einzigen Diakonissenhauses der Umgebung betrieben und hatte einen ausgezeichneten Ruf. Das Gebäude selbst war alt und bot keinen besonderen Luxus, aber die menschlich, liebevolle Betreuung glich diese Mängel bei Weitem aus.

Natürlich würde er nicht sagen, dass er selbst zum Vorstand einer Stiftung mit eigenen Pflegeheimen gehöre, und hoffen, dass er die Entscheidung seinen eigenen Vater in ein fremdes Heim zu geben nicht irgendwann vor seinen Vorstandskollegen würde rechtfertigen müssen. Harry Eisele schämte sich für seinen Vater und war froh, dass seine Mutter nicht miterleben musste, wie der Alkohol und die daraus folgende Korsakow Erkrankung seinen Vater um den Verstand brachte.

Er nahm sich fest vor, seinen eigenen Alkoholkonsum deutlich zu reduzieren. Seit längerer Zeit gehörten das Glas Sekt zum Frühstück und der Cognac am Nachmittag zu seinen Lebensgewohnheiten. Harry Eisele brauchte diesen Alkohol auch, um bei den zahlreichen gesellschaftlichen Anlässen, wo der Alkohol in Strömen floss, mithalten zu können. Harry Eisele hatte es bisher immer als Makel betrachtet, wenn sich Menschen beim geselligen Trinken ausschlossen. Kurz dachte er darüber nach, ob er einmal eine Woche ohne Alkohol leben sollte, um zu testen, ob sein Alkoholkonsum schon unbemerkt zu einer Abhängigkeit geführt hatte. Diesen Gedanken verwarf er aber schnell wieder. Weder vor seiner Frau noch vor seinen Vorstandskollegen durfte er jetzt eine Schwäche zeigen. Er entschloss sich das Problem mit seinem Vater zu verdrängen. Als Sohn war er schließlich nicht schuld am Lebensstil seines Vaters. Dieser musste sein Leben selbst verantworten. Harry Eisele gelang es, die sentimentalen Gefühle zu unterdrücken und schnell war er mit seinen Gedanken wieder bei den beruflichen Herausforderungen des Alltags.

Glücksspiel

Rudolf Schleifenstein wohnte schon zehn Jahre in der Kurfürsten Residenz und gehörte damit zu der Gruppe der Bewohner, die gern in der Öffentlichkeit als Beispiele dafür präsentiert wurden, wie angenehm und schön das Leben in der Kurfürsten Residenz sein konnte. Er genoss einen Sonderstatus und wurde auch von den Mitarbeitern bevorzugt behandelt. Er gab stets ein großzügiges Trinkgeld, obwohl er nur über eine geringe Rente verfügte. Solange er so großzügig blieb und sein Geld ausreichte, wollte auch keiner wissen, woher das Geld stammte.

Vielleicht wurde er von den Angehörigen unterstützt, die sich nur an Weihnachten für einen Pflichtbesuch sehen ließen oder er hatte einfach Glück bei den Frauen und wurde von ihnen ausgehalten. Genau wusste vom Personal niemand woher Rudolf Schleifenstein das Einkommen für seinen großzügigen Lebensstil bezog. Etwas Geheimnisvolles umgab ihn und seine Beliebtheit unter den Bewohnern der Kurfürsten Residenz war unerklärlich. Die meisten Bewohner schienen um sein Geheimnis zu wissen, aber niemand war bereit das Geheimnis um Rudolf Schleifenstein zu lüften. Es fiel nur auf, dass bei jedem Todesfall ein reger Besuch in seinem Einzelzimmer zu verzeichnen war.

Den Mitarbeitern war dies nur recht. Todesfälle verunsichern Bewohner von Pflegeheimen immer und wenn Rudolf Schleifenstein die richtigen Worte des Trostes fand, dann konnte dies den Mitarbeitern nur recht sein. Trotzdem musste es ein Geheimnis geben. Davon waren die Mitarbeiter überzeugt.

In Wirklichkeit war alles ganz einfach. Rudolf Schleifenstein hatte nach seinem Einzug in die Kurfürsten-Residenz schnell Langeweile. Die einzige interessante Abwechslung waren Todesfälle und Rudolf Schleifenstein hatte es sich zum Hobby gemacht einen Tipp abzugeben, welcher der 264 Bewohner wohl als Nächster oder Nächste auf der Liste der Todeskandidaten stehen würde. Als er feststellte, dass er immer wieder einen Volltreffer hatte, kam ihm die Idee ein kleines Wettbüro einzurichten, um seine etwas magere Rente aufzubessern.

Schnell war ihm klar, dass er die Stammdaten der Bewohner benötigte, um seinen Prognosen eine gute Grundlage zu geben und mit einem Wettbüro Geld verdienen zu können. Rudolf Schleifenstein war ein Liebhaber von Kriminalfilmen und Kriminalromanen. So war es für ihn eine leichte Aufgabe an die erforderlichen Daten zu kommen. Die Büromitarbeiterin benötigte ihre regelmäßigen Zigarettenpausen und ließ, während sie ein Rauchopfer im Hof zelebrierte, ihren Büroschlüssel achtlos auf dem Schreibtisch liegen. Ein Wachsabdruck genügte und schon hatte Rudolf Schleifenstein die Möglichkeit sich einen Schlüssel anfertigen zu lassen.

Nach Feierabend installierte er geschickt einen geeigneten Spiegel im Regal hinter der Mitarbeiterin, sodass er das Codewort des Computers mitlesen konnte, als die Mitarbeiterin dieses am Morgen zum Arbeitsbeginn eingab.

Rudolf Schleifenstein hatte früher selbst im Büro gearbeitet, sodass er nachts schnell und problemlos einen ersten Stammdatensatz aller Bewohner ausdrucken konnte ohne dass dies am anderen Morgen aufgefallen wäre. Nach einem Jahr der Beobachtung hatte er sein System gefunden. Bewohner mit Angehörigen starben wesentlich schneller als Bewohner ohne Angehörige. Viele Angehörige waren am schnellen Ableben des Erblassers interessiert, um möglichst schnell an das Vermögen der Senioren zu kommen. Eine Einflussnahme der Angehörigen setzte natürlich die Bestechlichkeit der Mitarbeiter voraus.

Bewohner mit hoher Schmerzmedikation starben schneller, selbst wenn keine unheilbare Krankheit vorlag. Bewohner mit geringem Vermögen lebten wesentlich länger als Bewohner mit großem Vermögen. Kirchenmitglieder hatten eine höhere Lebenserwartung als Atheisten. Seine Trefferquote erhöhte sich mit zunehmendem Wissen. Der zweite Schritt konnte folgen.

Das Glücksspiel um den Tod musste geheim bleiben. Rudolf Schleifenstein nannte sein Spiel das „Todesroulette" und machte jedem neuen Mitspieler klar, dass er sich mit der Teilnahme am verbotenen Glücksspiel selbst strafbar mache. Eine strenge Geheimhaltung wurde mit jedem vereinbart. Der Reiz des Verbotenen führte zu einer Teilnehmerquote von über achtzig Prozent der Bewohner. Bei einem Einsatz von 10 Euro konnten im günstigsten Fall mehr als 2000 Euro gewonnen werden. In der Kurfürsten Residenz wurde viel gestorben. Das „Todesroulette" wurde

für seinen Erfinder zum finanziellen Erfolg. Das Spiel beinhaltete aber auch seine Risiken.
Bewohner, die einen Tipp abgegeben hatten, kamen in die Versuchung, dem Glück im Spiel etwas nachzuhelfen.

So verschwanden immer wieder lebenswichtige Medikamente bei Bewohnern oder es lagen plötzlich in der vom Personal vorbereiteten Medikamentenbox falsche Medikamente.
Der entgegen seiner Prognosen unerwartet eintretende Tod mancher Bewohner verhinderte, dass Rudolf Schleifenstein, trotz seinem Wissensvorsprung, größere Gewinne einstreichen konnte. Es gab also noch Defizite, die eine feste Prognose verhinderten. Dies erhöhte für Rudolf Schleifenstein jedoch nur noch den Reiz dieses Spiels. Das „Todesroulette" machte seinem Namen alle Ehre und beschleunigte das ohnehin schnelle Sterben in der Kurfürsten-Residenz zusätzlich.

Eigentlich war der Name „Todesroulette" nur hinsichtlich der zufälligen Auswahl der Todeskandidaten richtig. In Wirklichkeit betrieb Rudolf Schleifenstein ein „Wettbüro des Todes". Trotz der strengen Verschwiegenheit hatte auch Fred Schumann von dem Wettbüro bei Rudolf Schleifenstein etwas erfahren und war plötzlich aufgetaucht. Zwischen den beiden Männern hatte ein interessanter Dialog stattgefunden.
Unerwartet hatte Fred Schumann vor der Tür gestanden und um Einlass gebeten. Er war sich dabei treu geblieben und ohne Umschweife zur Sache gekommen: „Herr Schleifenstein, es ist mir zu

Ohren gekommen, dass Sie in unserer Kurfürsten Residenz uner-
laubtes Glücksspiel betreiben. Sie haben jetzt die Chance einer
Aufklärung, sonst sehe ich mich gezwungen, die Polizei zu informieren und Ermittlungen einzuleiten!"

Rudi Schleifenstein hatte insgeheim immer damit gerechnet,
dass der Tag irgendwann kommen würde, an dem ihm unangenehme Fragen gestellt werden. Er war für diesen Tag gut vorbereitet.

„Ich weiß nicht, wovon Sie reden.
Wer sind Sie überhaupt und wie kommen Sie dazu, so frech in
meine Privatsphäre einzudringen?" „Mein Name ist Fred Schumann. Ich bin der Geschäftsführer der Stiftung und damit Haus-
herr der Kurfürsten Residenz." „Dies gibt Ihnen noch lange nicht
das Recht in meine Privatsphäre einzudringen und mich zu beläs-
tigen. Bitte verlassen Sie sofort meine Wohnung!" „Bitte beruhigen Sie sich, ich will nur eine sachliche Aufklärung. Ich muss die
Polizei sicher nicht einschalten, wenn wir wie zwei erwachsene
Menschen miteinander reden können."

„Einfach in eine fremde Wohnung zu kommen und haltlose
Vorwürfe zu machen, ist ein Zeichen von Unreife. Da haben Sie
Recht!" „ Ich gebe zu, dass ich Sie unterschätzt habe. Ich will Ihnen
ja ihren Zeitvertreib nicht nehmen. Ich weiß, dass ein Leben in einer Senioren Residenz sehr langweilig sein kann. Vielleicht kann
ich ja von Ihnen lernen. Ich habe erfahren, dass sie den Todeszeitpunkt von Bewohnern bisher am besten voraussagen konnten.

Für die Angehörigen wäre es eine große Hilfe zu wissen, wann sie mit einer Erbschaft rechnen können."

„Über den Zeitpunkt des Todes können wir alle nicht bestimmen. Wenn ich dies könnte, würde ich Ihnen gern helfen, damit Sie gute Geschäfte machen können. Alle wissen, dass für Sie die Gewinnmaximierung an erster Stelle steht. Haben Sie gar keine Skrupel?"

„Nehmen Sie sich in Acht, Herr Schleifenstein, ich werde Ihnen auf die Schliche kommen. Für heute gehe ich wieder und hoffe, dass Sie bald zur Einsicht kommen. Hier meine Visitenkarte. Überlegen Sie nicht zu lange."

Fred Schumann hatte sich nach diesem Schlagabtausch schnell zurückgezogen, Er mochte keine Niederlagen. Er hatte seinen Gegner unterschätzt und war zornig auf sich selbst. Ohne konkrete Beweise war nichts zu machen. Vielleicht würde er einen Privatdetektiv einschalten, um diese zu bekommen. Rudolf Schleifenstein war auch darauf vorbereitet und immer vorsichtig, sobald fremde Personen in der Kurfürsten Residenz auftauchten. Nach dem Besuch von Fred Schumann hatte sich das „Wettbüro des Todes" für Rudolf Schleifenstein noch zu einem spannenderen Spiel entwickelt. Rudolf Schleifenstein hatte die Attacke erfolgreich abgewehrt und war deshalb mit einer vom Stolz geschwellten Brust zurückgeblieben. Er war gewarnt und seit diesem Besuch mit all seinen Aktivitäten noch vorsichtiger.

Das Leitbild

Klaus Sandershausen hatte sich die Handelsregisterauszüge der vier in der Stadt ansässigen Bestattungsunternehmen besorgt. Die vier Unternehmen waren in der Gesellschaftsform einer Kommanditgesellschaft mit beschränkter Haftung organisiert. Aus den Registerauszügen war nicht erkennbar, ob im Innenverhältnis stille Teilhaber am Gewinn beteiligt sind.

Es war ein Versuch gewesen, aber unter den Komplementären und Kommanditisten tauchten weder Fred Schumann noch Vera Kallenbach auf. In diesem Fall konnte ihm nur einer seiner Freunde, der bei der größten Bank in der Stadt arbeitete mit Insiderinformationen weiterhelfen. Aber dazu musste der richtige Zeitpunkt abgewartet werden. Die Handelsregisterauszüge brachten ihn in seinen Ermittlungen nicht weiter.

Klaus Sandershausen saß gebeugt über dem Leitbild der Stiftung und dachte intensiv nach. Das Leitbild war vor vielen Jahren erstellt worden. Lange hatte sich niemand mehr damit beschäftigt, weil Fred Schumann seine eigenen Vorstellungen auch dann durchgesetzt hatte, wenn Einwände kamen, die mit dem Leitbild in Zusammenhang standen.

Das Leitbild wurde durchaus immer als wichtig angesehen, aber Vorrang hatte stets der ökonomische Zwang. „Ohne Geld gibt es auch keine Ideale", dies war einer der oft gebrauchten Sprüche von Fred Schumann gewesen. Er hatte sich damit einige der Mitarbeiter zu Feinden gemacht. Nach dem Tod von Fred Schumann wurden sofort wieder Stimmen laut, die eine Rückkehr zu den Werten des Leitbildes in der Stiftung forderten.

Nun war es Klaus Sandershausen wichtig sich mit dem Inhalt des Leitbildes zu beschäftigen, um für die neu aufkeimende Kritik gerüstet zu sein.

Unter anderem war dort folgender Grundsatz verankert: „Trotz der durch die Globalisierung notwendigen Veränderungen im Hinblick auf die Hilfestrukturen und trotz der ökonomischen Zwänge dürfen soziale Dienstleistungen nicht dem freien Spiel von marktwirtschaftlichen Kräften preisgegeben werden. Sie haben sowohl hohen fachlichen Qualitätsstandards als auch unseren eigenen Wertmaßstäben gegenüber hilfsbedürftigen Menschen zu entsprechen. Soziale Kälte und wirtschaftlicher Konkurrenzkampf dürfen die soziale Arbeit nicht prägen. Dennoch sind soziale Dienstleistungsangebote auch marktgerecht zu gestalten."
Die Kritiker der Stiftung waren der Überzeugung, dass durch Fred Schumann neben dem kommerziellen Konkurrenzkampf auch die soziale Kälte Einzug in die Arbeit in der Stiftung genommen hatte. Dies waren schwere Vorwürfe und Klaus Sandershausen hatte das ungute Gefühl, dass der Vorstand von der ausgezeichneten Rhetorik des Geschäftsführers Fred Schumann und den stets positiven Bilanzen geblendet wurde. Vielleicht hatte der Vorstand dabei das Leitbild doch zu sehr aus dem Blick verloren. Für Klaus Sandershausen war die Zeit für eine Kurskorrektur gekommen.

Besonders der Begriff der sozialen Kälte beschäftigte ihn. Dem Konkurrenzkampf konnten soziale Unternehmen schon längere Zeit nicht mehr aus dem Weg gehen, aber soziale Kälte widersprach elementar dem Auftrag eines sozialen Unternehmens.

Was war unter sozialer Wärme zu verstehen? Geborgenheit und Wärme waren die klassischen Domänen der Familie. Wo in der Gesellschaft die Familie nicht gefördert und geschützt wird, da entsteht soziale Kälte. Viele der Bewohner der Einrichtungen in der Stiftung waren ohne Familie oder Freunde. Die Angehörigen waren gestorben oder lebten räumlich weit entfernt. Die Gemeinschaft in den Einrichtungen der Stiftung war ein Stück Familienersatz, aber dies konnte sie nur sein, wenn die Mitarbeiter und Bewohner eine familienähnliche Gemeinschaft bildeten. Klaus Sandershausen wurde sich bewusst, dass sich die Stiftung genau in diesem Punkt verändert hatte.

Harry Eisele hatte bei seiner Recherche herausgefunden, dass Fred Schumann bei seinen Freunden im Lions Club sehr unbeliebt war. Fred Schumanns konsequente Gewinnorientierung wurde immer wieder sichtbar und war für die meisten Clubmitglieder abstoßend. Der Vorsitzende des Lions Clubs hatte in der Sitzung vor dem Tod von Fred Schumann beantragt, dass dieser aus dem Lions Club ausgeschlossen werden sollte. Dieser Vorstoß war so sehr ungewöhnlich, weil es eine lange Tradition gab, dass der Geschäftsführer der Stiftung gleichzeitig Mitglied des Clubs war. Ein Ausschluss des Geschäftsführers hätte eine nachhaltige Wirkung gehabt und es wäre ungewiss gewesen, welche Reaktion darauf in der Öffentlichkeit erfolgt wäre.

Fred Schumann hatte als Retourkutsche auf den Ausschlussantrag einen peinlichen Vorfall aus dem Leben des Vorsitzenden des Lions Clubs erzählt, der schon Jahrzehnte zurücklag.

Nach einer durchzechten Nacht war dieser von der Polizei nackt auf der Straße aufgelesen worden.

Ein zufällig vorbeifahrender Reporter hatte die Szene fotografiert und zu einem Zeitungsartikel verarbeitet. Fred Schumann war zufällig in den Besitz dieses Artikels gelangt und hatte diese alte Geschichte wieder aufgewärmt, um von sich abzulenken. Zusammen mit der traditionellen Bindung reichte dies aus, um den Ausschluss von Fred Schumann abzuwenden. Bei der Abstimmung errang Fred Schumann einen Sieg. Er hatte sich aber einige Feinde dabei eingehandelt. Für Klaus Sandershausen ergaben sich jedoch aus diesen Erkenntnissen keine hinreichenden Motive für einen Mord an Fred Schumann. Die Nachforschungen im Lions Club hatten damit kein zielführendes Ergebnis gebracht.

Harry Eisele war zu anderen Schlüssen gekommen als Klaus Sandershausen. Er sah in diesem Konflikt ein ausreichendes Motiv für Mitglieder des Lions Clubs, um Fred Schumann einen Denkzettel zu erteilen. Vielleicht sollte mit der Bulette nur ein Warnschuss erfolgen und der Täter hatte nicht damit gerechnet, dass Fred Schumann gleich sterben würde oder ein Familienmitglied des Vorsitzenden des Lions Clubs wollte die Rufschädigung rächen.

Ob ausreichend oder nicht, für Harry Eisele waren die Mitglieder dieses Clubs potenzielle Täter.

Auch die Nachforschungen beim Mercedeshändler durch Professor Heinrich Schmidt brachten interessante Details ans Licht. Im Autohaus war Fred Schumann auch nicht beliebt gewesen. Sein arroganter und herrschsüchtiger Charakter war den Mitarbeitern im Autohaus aufgefallen.
Er hatte mitunter weit außerhalb der Garantiezeit kostenlose Reparaturen eingefordert und hatte jeden Fehler des Personals schriftlich gerügt.

Deshalb war auch beim Mercedeshändler trotz des Verlustes eines guten Kunden eine große Erleichterung zu spüren.

Mit Henriette Schumann war der Umgang angenehmer gewesen, obwohl auch bei ihr eine spürbare Arroganz vorhanden war. Mit leicht arroganten und anspruchsvollen Kunden war man im Mercedes-Autohaus gewohnt umzugehen und Henriette Schumann würde dem Autohaus als Erbin ja erhalten bleiben. Die allgemeine Ablehnung von Fred Schumann aufgrund seines Charakters war bei allen Mitarbeitern zu spüren, aber einen speziellen Feind gab es im Autohaus vermutlich nicht. Auch diese Informationen brachten Klaus Sandershausen in seinem Nachdenken nicht weiter.

Für Klaus Sandershausen sollten möglichst alle Mitarbeiter wie elf Freunde sein, so wie man es aus früheren Berichten der

Fußballnationalmannschaft kannte. Fred Schuman hatte gerade entgegengesetzt gedacht. Eine solche Konstellation stellte für ihn als Trainer eher eine Gefahr dar, denn diese Freunde würden gemeinsam auch ihre eigenen Interessen gegen den Trainer vertreten. Sein Führungsstil entsprach eher 11 Konkurrenten, die in der ständigen Unsicherheit leben mussten von einem Spiel zum nächsten ausgetauscht zu werden. Nur unsichere und abhängige Menschen konnten willkürlich geführt werden und waren bereit, rücksichtslos unangenehme Unternehmensentscheidungen durchzuboxen.

So hatte sich das Arbeitsklima in der Stiftung unter Fred Schumann langsam und stetig negativ verändert, sodass man nach einigen Jahren von sozialer Kälte unter den Mitarbeitern der Stiftung sprechen konnte. Er hatte unter den Mitarbeitern den Konkurrenzkampf eingeführt und damit auch die familiäre Atmosphäre zerstört.

Fred Schumann hatte in seiner Kindheit und Jugend selbst keine Wärme und Geborgenheit erfahren, denn sein Vater war Alkoholiker und seine Mutter musste arbeiten, um den Lebensunterhalt der Familie zu sichern. So war er oft zu seinen Großeltern geflüchtet, um den Schlägen des betrunkenen Vater zu entgehen. Fred Schumann hatte früh gelernt, dass das Leben ihm nicht freiwillig Wohlstand schenkt und seine Wünsche immer erfüllt werden. Er hatte sich seinen Wohlstand erkämpft und war nicht bereit gewesen, Rücksicht auf andere Menschen zu nehmen. „Jeder

Mensch ist seines Glückes Schmied", so lautete die Philosophie von Fred Schumann. Nun war sein Leben beendet und Klaus Sandershausen wusste nicht, ob die Trauer um den Weggefährten oder die Freude über das Ende seiner Diktatur seine Gefühle mehr beherrschten. Auf jeden Fall war jetzt ein Neuanfang möglich und dies gleichzeitig die Einführung eines neuen Führungsstils.

Dem Vorsitzenden war klar, dass bei der Berufung eines neuen Geschäftsführers dessen Sozialkompetenz eine wesentliche Rolle spielen musste, damit die Stiftung die Fehler der Vergangenheit würde korrigieren können und die Anforderungen des Leitbildes neu mit Leben gefüllt werden könnten.
Ein lauter Knall ließ Klaus Sandershausen aus seinem Nachdenken vom Schreibtisch aufschrecken. Das Klirren der berstenden Fensterscheibe folgte und ein faustgroßer Stein polterte auf den Parkettboden seines Büros. Der Stein war eingewickelt in ein weißes Papier und hatte offensichtlich nicht durch Zufall den Weg in sein Büro gefunden. Blut tropfte auf das vor ihm liegende Leitbild der Stiftung. Die Augen des Vorsitzenden weiteten sich vor Schreck und Entsetzen.

Bevor Klaus Sandershausen sich aus der Erstarrung wieder lösen konnte, flog die Tür auf und der bei seiner Sekretärin wartende Bodyguard stürzte mit gezogener Waffe in den Raum. Blitzschnell zog er den noch sichtlich geschockten Vorsitzenden aus dem Gefahrenbereich in der Nähe des Fensters. Ein Glassplitter hatte Klaus Sandershausen im Gesicht getroffen und aus einer kleinen Schnittwunde quoll hellrotes Blut. „Kommen Sie, ich bringe Sie in Sicherheit", flüsterte er dem Vorsitzenden zu und schob ihn sanft aus dem Raum, um ihn von der ängstlich wartenden Sekretärin mit einem Pflaster versorgen zu lassen. Sofort betrat er wieder den Tatort und spähte vorsichtig aus dem geborstenen Fenster. Vom Täter war, wie zu erwarten, weit und breit nichts zu sehen. Er war ein Profi und als langjähriger Mitarbeiter des örtlichen Sicherheitsdienstes so geschult, dass er nun nur noch den Rückzug antreten konnte, um alles Weitere der ermittelnden Polizei zu überlassen.

Ein kurzes Telefonat genügte und nach wenigen Minuten waren die Kriminalbeamten vor Ort und die Spurensicherung ging an ihre Arbeit.

Erst als die Schnittwunde mit einem Pflaster versehen und das Blut gestillt war, gewann Klaus Sandershausen langsam seine alte Sicherheit wieder zurück. Wer auch immer die Verunsicherung in der Stiftung in Gang halten wollte, er hatte offensichtlich Erfolg damit.

Nachdem die Spurensicherung der Polizei das Papier, in das der Stein gewickelt war, freigegeben hatte, wurde es Klaus Sandershausen gereicht. „Du bist der Nächste in der Reihe", stand mit großen Buchstaben auf dem Blatt. Dies war eine offene Drohung. Sie war absolut ernst zu nehmen. „Ich habe Professor Heinrich Schmidt am Telefon. Er will Sie sprechen", die Sekretärin reichte dem Vorsitzenden das Mobiltelefon. „Klaus, ich habe ein Problem, ein Unbekannter hat mir einen Selbsttötungsapparat geschickt. Ich habe lange überlegt, ob ich dir dies sagen soll. Ich wollte die Sache nicht so wichtig nehmen. Vielleicht bin ich nicht der Einzige vom Vorstand, der Drohungen erhält", meldete sich sein Freund und Vorstandskollege.

„Du rufst genau zum richtigen Zeitpunkt an. Auch auf mich wird Druck ausgeübt. Ich bin nur knapp einem Anschlag entgangen", berichtete der Vorsitzende über seine eigene Lage. „Ich melde mich bei dir, sobald hier alle Formalitäten geklärt sind. Sei vorsichtig und pass auf dich auf, ich muss jetzt Schluss machen."
Klaus Sandershausen war von den sich überstürzenden Ereignissen sichtlich überfordert. Seine Hände zitterten und seinen Puls spürte er deutlich am Hals klopfen.
„Bitte bringen Sie mir einen Cognac und nehmen Sie sich auch einen", wandte er sich seiner Sekretärin zu.
Diese war sichtlich dankbar einen konkreten Auftrag zu erhalten und etwas Praktisches für ihren Chef tun zu können.
Der von der Sekretärin gereichte Cognac floss brennend die Kehle hinunter und seine beruhigende Wirkung war offensichtlich. Das Zittern der Hände ließ nach und der Vorsitzende entspannte sich etwas. Der erwartungsvolle Ausdruck im Gesicht seiner Sekretärin holte ihn in die Wirklichkeit zurück. Klaus Sandershausen musste Führungsstärke beweisen. Seine Mitarbeiter waren gewohnt, dass er besonnen auch die schwierigsten Situationen in den Griff bekam.

„Bitte rufen Sie zum nächstmöglichen Termin den Vorstand zusammen und bereiten Sie zu diesem Termin die wichtigsten Ereignisse der letzten Tage als Tischvorlage vor. Dann möchte ich danach einen Termin mit der Arbeitnehmervertretung. Wir können nicht einfach nur abwarten, bis die Polizei zu Ergebnissen kommt. In der Krise müssen wir alle Kräfte in der Stiftung mobilisieren, um ein möglichst umfassendes Bild der Sachlage zu bekommen", lautete der Auftrag für die Sekretärin. Diese war froh, sich zurückziehen zu können und in der Arbeit Ablenkung zu finden.

Klaus Sandershausen begab sich zurück in sein Arbeitszimmer, um mit dem ermittelnden Kommissar das weitere Vorgehen zu besprechen. Die Polizei konnte weiter nichts für ihn tun und der Bodyguard würde weiter zum persönlichen Schutz in nächster Nähe bleiben. Aber eine absolute Sicherheit war auch mit Personenschutz nicht möglich, dies hatte der Vorfall vor Augen geführt. Die einzige Chance war den Täter oder die Täter zu finden, bevor sie wieder zuschlagen konnten. Was für eine Tötungsmaschine war dem Professor zugeschickt worden und welche Hintergründe hatte dies?

Der Vorstand musste sich unbedingt schnell treffen, um sein Wissen auszutauschen. Gemeinsames Vorgehen bot die größte Chance, dem Spuk ein Ende zu setzen.
Es gab mehr Fragen als Antworten und der Vorsitzende hatte das innere Gleichgewicht verloren, auch wenn er nach außen Stärke und Gelassenheit demonstrierte. Sein Magen begann sich zu mel-

den. Ein gutes Essen und ein Glas Wein vermochten vielleicht etwas zur Entspannung beizutragen, denn an ein konzentriertes Arbeiten war heute ohnehin nicht mehr zu denken.

Klaus Sandershausen informierte kurz seine Sekretärin und verließ das Haus, um sein Lieblingslokal aufzusuchen. „Ein paar Schritte an der frischen Luft werden mir gut tun. Bitte begleiten Sie mich so unauffällig wie möglich und sprechen Sie mich die nächsten Stunden nicht an", war die unmissverständliche Ansage an den Beschützer der Polizei. Die frische Luft tat ihm sofort gut und das Gefühl, nicht ohne Schutz zu sein, war beruhigend. Wer auch immer ihm schaden wollte, setzte auf eine Strategie der Verunsicherung. Klaus Sandershausen wollte Normalität demonstrieren und steuerte auf das Johann Albrecht Brauhaus zu. Dort am Fleet, einem Zweigkanal der Alster, hatte er schon so oft seine Aufregung mit einem kühlen, frisch gebrauten Bier abgekühlt.
Die rustikale Inneneinrichtung und die gemütliche Atmosphäre des Brauhauses waren ideal, um sich zu entspannen. Er bestellte bei der Bedienung ein Hefeweizen und eine ofenfrische Brezel. Den Tisch hatte er so gewählt, dass ihm niemand im Rücken sitzen konnte. Der Speisesaal war gut gefüllt und die bunte Mischung der Gäste bot ihm etwas Ablenkung und Entspannung. Es war schön in Hamburg zu arbeiten und zu leben.

Klaus Sandershausen liebte die Stadt und fühlte sich in der Großstadt zu Hause. Es dauerte nicht lange, bis die Bedienung das bestellte Bier und die frische Brezel servierte. Er war Stammgast und wurde in der Regel bevorzugt bedient. Das Bier floss kühl und angenehm erfrischend durch seine Kehle. Es war alles wie gewohnt. Der Rest des Tages verlief so ruhig, als wenn nichts passiert wäre.

Stimmungswechsel

Am nächsten Morgen stand die Stiftung erneut im Brennpunkt der Öffentlichkeit. Die Mitarbeiter waren durch den Tod von Fred Schumann wie aus der Erstarrung erlöst worden. Das Medieninteresse an der Arbeit der Stiftung war durch die Vorfälle der letzten Wochen gestiegen und die Reporter warteten darauf, neue Information über Fred Schumann und sein plötzliches Ableben zu bekommen. Außerdem war jetzt Sommerzeit und das Thema Sterbehilfe war als Lückenfüller für die nachrichtenärmere Jahreszeit entdeckt worden. Eine gute Gelegenheit für Jens Müller, seine Kurfürsten Residenz öffentlichkeitswirksam darzustellen und die von Fred Schumann unterdrückten moralischen und ethischen Fragen des Alters ins Bewusstsein der Bevölkerung zu rücken.

Jens Müller hatte den Landtagsabgeordneten Detlef Schönemann zu einem Rundgang durch die Seniorenresidenz eingeladen und vorgeschlagen in einer anschließenden Podiumsdiskussion die aktuellen Fragen zur Sterbehilfe zu thematisieren. Für Detlef Schönemann, der im Herbst zur Wiederwahl antreten musste, waren solche Termine willkommene Anlässe sich für seine Wähler zu empfehlen. Auch Renate Schumann war über den Besuch des Abgeordneten informiert worden und wollte ihrerseits die Chance nutzen, die ethischen Vorgaben für die Pflege der Zukunft in der Kurfürsten Residenz neu zu definieren. Auch bei ihr hatte der Tod des Cousins, trotz der persönlichen Betroffenheit und Trauer, neue Arbeitsenergie freigesetzt. Sie wunderte sich selbst, wie sich plötzlich neue Motivation einstellte.

Seit in der Pflege der Grundsatz „ambulant vor stationär" von der Politik postuliert wurde, hatten sich die Arbeitsbedingungen für die stationäre Pflege Jahr um Jahr verschlechtert. Die Senioren warteten, unterstützt durch ambulante Pflegedienste, bis zur Schwerstpflegebedürftigkeit, bevor sie sich entschlossen in ein Pflegeheim zu gehen. Auch altersverwirrte Senioren wurden ambulant so lange betreut bis sie für sich selbst oder andere zur Gefahr wurden. Es war nur noch in seltenen Fällen möglich eine normale menschliche Beziehung zu den zu Pflegenden aufzubauen. Zusätzlich erschwert wurde die Arbeit im Pflegeheim durch ausufernde Dokumentationen und Qualitätsvorschriften.

Die notwendige menschliche Zuwendung, die dem körperlich schweren Beruf früher die seelische Zufriedenheitskomponente gab, war aus Zeitgründen nur noch selten möglich. Der Gesetzgeber hatte die menschlich soziale Betreuung im Wesentlichen dem Ehrenamt zugeordnet und damit dem Pflegeberuf einen Teil seiner Attraktivität genommen. Es war natürlich leichter für die schöne Seite des Pflegeberufes ehrenamtliche Mitarbeiter zu finden und damit Kosten zu senken. An die psychischen Folgen für die Mitarbeiter hatte aber niemand gedacht. Die Kurfürsten Residenz entwickelte sich immer mehr vom Pflegeheim zum Sterbehospiz.

Die zunehmende seelische Belastung war spürbar und machte sich seit einiger Zeit durch eine hohe Fluktuation in der

Mitarbeiterschaft bemerkbar. Menschlich war diese Entwicklung für viele Mitarbeiter eine Tragödie.

Ökonomisch war das Ausscheiden langjähriger Mitarbeiter ein wirtschaftlicher Gewinn, da die neuen Mitarbeiter bei wesentlich schlechterer Bezahlung eingestellt werden konnten und weniger Sozialleistungen für sie anfielen.

Der Besuch des Abgeordneten war eine gute Gelegenheit, um die Probleme anzusprechen, die die politischen Entscheidungen der Vergangenheit gebracht hatten. Der Abgeordnete Schönemann hörte Renate Schumann aufmerksam zu und schon allein dies tat ihrer Seele gut. „Ein Sozialsystem mit Pflegegraden, welches die zunehmende Pflegebedürftigkeit finanziell belohnt, geht in die falsche Richtung", versuchte sie dem Abgeordneten zu erklären. „Das System der Pflegegrade sollte ganz abgeschafft werden und durch eine Belohnung ersetzt werden, wenn zunehmende Pflegbedürftigkeit möglichst lange verhindert oder sogar in größere Selbstständigkeit zurückgeführt wird. Es ist für den alten Menschen gut, wenn er nur so viel Hilfe bekommt, wie er unbedingt braucht und er möglichst selbstständig bleibt. Viel zu lange haben wir gedacht, dass es für den alten Menschen gut sei möglichst bequem und schmerzfrei zu leben. Für die meisten alten Menschen ist diese Philosophie falsch und unwürdig. Aufgrund unserer Bevölkerungsentwicklung ist diese Sichtweise fatal, weil die daraus entstehende Kostenexplosion für die junge Generation schnell zur Katastrophe werden kann."

„Ich stimme Ihnen zu und habe Ähnliches von anderen Fachleuten gehört", gab der Abgeordnete Schönemann zur Antwort. „Aber es wird schwer sein positive Veränderungen gegen die Interessen der verschiedenen Berufsverbände durchzusetzen. Doch ich möchte Sie damit nicht entmutigen. Meine Bitte an Sie ist, obwohl ich weiß, dass Sie der Beruf voll in Anspruch nimmt, die Probleme zu beschreiben und Verbesserungsvorschläge dem Ministerium schriftlich einzureichen. Steter Tropfen höhlt den Stein." Damit verabschiedete er sich, um mit Jens Müller seinen Rundgang durch die Kurfürsten Residenz fortzusetzen.

Er erfuhr, dass die Mahlzeiten zwar ausgewogen und gesund waren, aber schon lange nicht mehr den Höhepunkt im Alltag der Senioren bildeten, wie dies früher einmal war. Auch in der Kurfürsten Residenz wurde eingespart, wo es irgend möglich war. Die steigenden Kosten standen stagnierenden oder sogar sinkenden Einnahmen gegenüber, sodass in allen Bereichen gespart werden musste.

Nur für das Personal entsprach das Essen der Heimküche noch sehr hohen Ansprüchen. Ein Tatbestand, auf den Jens Müller stolz war, denn er hatte sich gegen Fred Schumann durchgesetzt und dafür gesorgt, dass ein „Sternekoch" in der Kurfürsten Residenz beschäftigt wurde und ein übertariflich hohes Gehalt bekam. Die Beziehung zwischen Fred Schumann und Jens Müller war seit dieser offenen Rebellion gegen dessen Sparmaßnahmen distanziert und kühl. Aber Fred Schumann wagte es nicht, den Freund von Manuel Pauli offen zu bekämpfen.

Als Jens Müller und der Abgeordnete Schönemann im Konferenzraum der Kurfürsten Residenz ankamen, warteten schon die Journalisten, um den Abgeordneten zum „Sommerthema" Sterbehilfe zu befragen.

„Herr Abgeordneter, Sie haben bei ihrem Rundgang Menschen gesehen, die offensichtlich geistig aus dieser Welt ausgestiegen sind und nur noch im Bett liegen, satt und sauber versorgt werden. Sind Sie auch der Ansicht, dass es für alle Beteiligten besser wäre, diesem unwürdigen Leben ein Ende zu setzen und Sterbehilfe zu leisten?" so formulierte einer der Journalisten seine Frage und brachte die aktuell geführte Diskussion auf den Punkt. „Gibt es überhaupt unwürdiges Leben, hat ein alter, kranker oder geistig verwirrter Mensch weniger Würde?" lautete dessen kluge Antwort. „Leiden und Sterben gehört für mich auch zur Lebensqualität. Ich bin der Ansicht, dass wir als Gesellschaft unsere Prioritäten überdenken sollten. Ist es nicht besser die Steuergelder in gute Pflegeheime zu investieren als in die Aufrüstung, um zweifelhafte Kriegshandlungen in der ganzen Welt zu unterstützen?"

Er wurde unterstützt von Jens Müller. „Meine Damen und Herren Journalisten, ich kann Sie gut verstehen. Auch in unseren Fachkreisen besteht die Tendenz den einfacheren Weg der Sterbehilfe zu fordern. Aber auch ich kann Ihnen aus meiner beruflichen Erfahrung sagen, dass wir diesen Weg nicht gehen sollten.

Neben den ethischen Fragen und Problemen, die sich für uns bei der Sterbehilfe auftun ist auch dem Missbrauch Tür und Tor geöffnet, wenn wir die Sterbehilfe gesetzlich legitimieren. Ich sage Ihnen, solange ich Heimleiter in der Kurfürsten Residenz bin, werde ich mich immer gegen Sterbehilfe aussprechen, in welcher Form auch immer sie geleistet werden soll."

Die Argumente wurden intensiv ausgetauscht und Jens Müller hatte nach dem Besuch des Abgeordneten das gute Gefühl, ein Zeichen gesetzt zu haben. Fred Schumann war dafür bekannt gewesen, dass er der Sterbehilfe positiv gegenüber stand. Jens Müller hatte deutlich gemacht, dass diese Denkweise nicht von allen Mitarbeitern in der Stiftung geteilt wurde und sein Tod war eine Chance zum Umsteuern.

Ein Leben in Würde

In der Kurfürsten Residenz hatten sich die Geschehnisse der letzten Tage schnell herumgesprochen. Die Buschtrommeln waren schon immer zuverlässig, wenn es interessante Entwicklungen im Bereich der Stiftung zu berichten gab. Nach Jahren der faktischen Diktatur kam Bewegung in die Stiftung. Für alle, die sich nach einer Veränderung sehnten, waren in diesem Fall schlechte Nachrichten keine schlechten Nachrichten, sondern gute Nachrichten. Wie konnte bei einem Leben ohne ausreichende Würde für die Bewohner ein würdevolles Arbeiten für die Mitarbeiter möglich sein? Unter Fred Schumanns Leitung war es ein unwürdiges Arbeiten geworden und die Mitarbeiter mussten sich eingestehen, dass sie dies schon lange wussten. Die Angst um ihren Arbeitsplatz ließ sie die untragbaren Zustände verdrängen - weil nicht sein kann, was nicht sein darf.

Auch Renate Schumann begriff als Qualitätsbeauftragte sehr schnell, dass sich der Wind gedreht hatte. Es gab für sie nur zwei Möglichkeiten: Entweder sie stellte sich jetzt bewusst an die Spitze einer Bewegung für die Erneuerung oder sie lief Gefahr, nicht nur überrollt zu werden, sondern für das alte System mit verantwortlich gemacht zu werden.
Sie war so klug zu begreifen, dass ihr keine andere Wahl blieb, als die Flucht nach vorne anzutreten. Der Selbsterhaltungstrieb war stärker als die emotionale Bindung an Professor Heinrich Schmidt.

Vielleicht ergab sich jetzt sogar die Chance, ihn so zu demontieren, dass ihn seine Not zum Schluss doch noch in ihre Arme trieb.

Aber äußerste Vorsicht war geboten. Er durfte nichts davon merken, dass sie sich entschlossen hatte, die Seiten zu wechseln und ihre Moral dem Stimmungswandel in der Stiftung anzupassen. Es war Renate Schumann bewusst, dass es nur eine Person im Vorstand gab, die dauerhaft für das Gute in der Stiftung stand. Diese Person war Manuel Pauli.

Renate Schumann griff deshalb zum Telefon, um Manuel Pauli anzurufen. Sie wusste, dass er ein Freund von Jens Müller, dem Hausleiter der Kurfürsten Residenz, war und Renate Schumann hatte sich ihm gegenüber stets distanziert, aber nicht unfreundlich verhalten. Sicher wusste er, dass die Zusammenarbeit von ihr und Jens Müller immer wieder mit persönlichen Auseinandersetzungen belastet wurde, aber Manuel Pauli war dafür bekannt, dass er jedem eine Chance gab, wenn dieser sich für eine gute Sache einsetzte.

Renate Schumann redete sich ein, dass sie schon immer das Gute wollte, sie war schließlich kein schlechter Mensch. „Der Geist ist willig, aber das Fleisch ist schwach", so entschuldigte sie sich gern, wenn sie erkannte, dass eine Wegstrecke ihres Lebens in die falsche Richtung ging. Auch für die Missstände in der Stiftung gab sie sich nicht wirklich selbst die Schuld. Für die Fehler der Vergangenheit war ihr Cousin Fred Schumann verantwortlich. Das System der Macht hatte kein anderes Handeln ermöglicht.

Es war nicht ihre Schuld. Sie hatte Glück. Manuel Pauli saß gerade an seinem Schreibtisch und hatte sich in seine Arbeit vertieft, als das Telefon klingelte.

Er kannte Renate Schumann schon lange und auch er hatte von ihrer emotionalen Bindung an Heinrich Schmidt gehört. Renate Schumann unterrichtete ihn in ihrer direkten und präzisen Art über das Verschwinden des für die Selbsttötung vorgesehenen Giftes. Da sie gegenüber Fred Schumann weisungsgebunden gewesen war, durfte sie gegen seinen Willen an den Vorstand keine Meldung machen. So lautete ihre Entschuldigung. Sie gestand, dass es aus heutiger Sicht ein Fehler gewesen war, nicht trotzdem alle Vorstandsmitglieder zu informieren. Diesen Fehler wollte sie durch den jetzigen Anruf wiedergutmachen.

Um auch in Zukunft nicht weiter schuldig zu werden, sprach sie bei dieser Gelegenheit auch gleich den von Heinrich Schmidt eingeführten medizinisch assistierten Suizid an. Natürlich wolle sie das von ihr geschätzte Vorstandsmitglied nicht anschwärzen, aber in der aktuellen Situation könne sie nicht anders und müsse auch diese Problematik ansprechen, um weiteren Schaden für die Stiftung zu vermeiden.

Nachdem Renate den Telefonhörer wieder aufgelegt hatte, war sie sichtlich erleichtert. Wie hatte sie nur die ganzen Jahre die Beihilfe zur Selbsttötung mittragen können, obwohl ihr Gewissen ein ständig mahnender Begleiter gewesen war. Sie hatte die Fronten aus Angst und Berechnung gewechselt und merkte zum eigenen Erstaunen, dass neue Lebensfreude von ihr Besitz ergriff. Renate

Schumann war auf dem besten Weg, ein guter Mensch zu werden. Manuel Pauli saß mit geschlossenen Augen vor seinem Schreibtisch. In seinem Kopf arbeiteten die Gedanken fieberhaft. Der Anruf von Renate Schumann war ein harter Schlag.

Fred Schuhmann hatte den Vorstand offensichtlich hintergangen und auch der Professor entsprach in keinster Weise dem Bild, das Manuel Pauli bisher von ihm hatte. Konnte er Renate Schumann trauen oder handelte es sich um eine Intrige gegen Heinrich Schmidt? War Eifersucht im Spiel oder gab es ein anderes Motiv? Auf jeden Fall mussten der Vorstand und die Polizei über das Verschwinden des Giftes informiert werden und dann konnten weitere Maßnahmen überlegt werden.

Manuel Pauli war sich nicht mehr sicher, ob er den Überblick über das ganze Geschehen allein behalten konnte und spürte das Bedürfnis sich mit der Gräfin zu besprechen. Seine Tante hatte schon einige schwere Schicksalsschläge hinter sich und war in Krisensituationen immer ein guter Ratgeber gewesen. Die Gräfin war immer eine Gegnerin der medizinisch-assistierten Sterbehilfe gewesen und der Professor hatte ihr gegenüber in der Vergangenheit stets betont, dass diese Praxis in der Stiftung nur eine extreme Ausnahme in Sonderfällen darstellte. Wenn stimmte, was Renate Schuhmann berichtete, dann bestand für alle Vorstandmitglieder akute Lebensgefahr. Die Frage war nur, wer hatte das Gift gestohlen oder stehlen lassen?

Weshalb war der Anschlag auf Vera Kallenbach mit einem Auto verübt worden? War dies ein Ablenkungsmanöver des gleichen Täters oder standen die beiden Todesfälle in gar keinem engeren Zusammenhang?

Manuel Pauli hatte auf die ganzen offenen Fragen keine Antwort. Er hatte immer geglaubt über die Vorgänge in der Stiftung gut informiert zu sein. Diese Überzeugung stellte sich jetzt als ein folgenschwerer Irrtum heraus. Es war nun wichtig einen kühlen Kopf zu behalten und nicht unüberlegt zu handeln.

Manuel Pauli berichtete der Gräfin am Telefon das neue Wissen schonungslos. Vermutlich wurde sein Telefon von der Polizei schon einige Tage abgehört, aber dies störte ihn nicht. Auch die Polizei musste umfassend informiert werden, damit alles unternommen werden konnte, um weitere Todesfälle zu vermeiden. Die Gräfin war entsetzt über die berichteten Vorgänge in der Stiftung und bat Manuel Pauli darum, einen Termin mit den verbliebenen Mitgliedern des Vorstandes zu vereinbaren, damit schnellstmöglich weitere Entscheidungen getroffen werden konnten.

Sie wollte Klarheit über die Situation. Die Gräfin von Fallersleben erinnerte Manuel Pauli an die Aussage des jüdischen Königs David in den Psalmen: „Meine Zeit steht in deinen Händen", sagt dort David zu seinem Schöpfer. Es gab aus ihrer Sicht keinen Grund für einen Eingriff in das Leben des Menschen. Kein anderer Mensch hatte die Erlaubnis, das Leben eigenmächtig zu kürzen oder zu verlängern. Die Gräfin kannte sich im Alten Testament der

Bibel sehr gut aus und hatte immer ein passendes Bibelwort für ihn. Die Lebenseinstellung dieses Königs war für sie vorbildlich. Er nahm sein Leben auch dann noch an, als er alt und gebrechlich geworden war und fremde Hilfe benötigte. Auch die Gräfin fühlte sich in Gottes Hand geborgen und war bereit auch in der letzten Lebensphase schwere Zeiten anzunehmen.

Sie freute sich aber auch darauf in dieser Lebensphase neue liebenswerte Seiten an ihren Mitmenschen zu entdecken. So schöpfte sie aus jedem Gespräch mit Manuel Pauli neue Lebenskraft.

Skrupellose und geldgierige Sterbehelfer verabscheute sie zutiefst und war bereit, die ihr verbleibenden nachlassenden Kräfte dafür einzusetzen, dass Menschen ihr Leben auch in der letzten Lebensphase würdig und menschlich begleitet leben konnten.

Zum Wunder des Lebens gehörte für die Gräfin, dass jedes Älterwerden und jedes Sterben einzigartig bleibt und lebenswert ist. Selbstbestimmt zu leben und selbstbestimmt zu sterben, war für die Gräfin nicht attraktiv. Sie wollte sich nicht den Händen von Menschen ausliefern und schon gar nicht, wenn dieser Mensch noch sie selber war. Sie vertraute sich lieber ihrem Vater im Himmel an. Nur bei ihm konnte sie sich zu hundert Prozent darauf verlassen, dass ihr Leben ein gutes Ende nimmt.   Manuel Pauli war tief davon beeindruckt, dass die Gräfin ihr Leben liebte auch wenn der Radius ihrer Freiheit immer enger wurde und ihre Einsamkeit zunahm. Werden und Vergehen, Blühen und Verwelken gehörten für sie zum Leben und waren Lebensqualität.

Die Gräfin war dennoch nicht weltfremd. Sie wusste um den verständlichen Wunsch zu sterben, wenn die Schmerzen fast unerträglich sind und es fast unmöglich machen, Liebe zu schenken und Liebe von anderen Menschen zu empfangen. Trotzdem setzte sie sich dafür ein, alles dafür zu tun, das Leben mit Respekt und Würde in die Hände des Gottes zurückzugeben, aus dessen Händen sie es empfangen hatte. Der Gott, der sie ins Leben gerufen hatte, der würde sie auch aus dem Leben begleiten, dessen war sich die Gräfin ganz sicher. Manuel Pauli war nun gespannt, ob die Gräfin auch für die aktuellen Probleme eine Lösung finden würde. Ihre Intelligenz hatte im Alter nicht gelitten.

Manuel Pauli hatte eher den Eindruck dass die Gräfin die nachlassenden Körperkräfte durch einen immer schärferen Geist auszugleichen suchte. Sie hatte gegenüber allen anderen einen entscheidenden Vorteil, denn sie hatte sehr viel Zeit zum Nachdenken. Das Telefonat hatte Manuel Pauli so gutgetan, dass er mit neuer Kraft seine Arbeit fortsetzen konnte.

Der „Showdown"

Sie waren alle eingetroffen: Der Vorsitzende Klaus Sandershausen war sichtlich gezeichnet durch das Attentat, das auf ihn
verübt wurde. Sein Stellvertreter Harry Eisele war ebenfalls über-
nächtigt und kam mit unkontrolliertem Zucken am rechten Auge.
Professor Dr. med. Heinrich Schmidt trat mit in Abwehrhaltung
verschränkten Armen ein und Manuel Pauli war ungewohnt aufgeregt. Er ging unruhig im Raum auf und ab. Der einzige äußerli-
che Ruhepol in der Runde war die Gräfin von Fallersleben. Sie
strahlte Gelassenheit aus, aber wer sie genauer ansah, konnte ein
gefährliches Leuchten in ihren Augen sehen. Dieses Leuchten
brachte zum Ausdruck, dass sie nicht gewillt war, es zuzulassen,
dass die Arbeit der Stiftung gefährdet wurde.
Die Stiftung war in einer schwierigen Situation. Der Feind von außen hatte offensichtlich den Teppich weggezogen, unter dem
man die Konflikte und Probleme der letzten Jahre sicher verstaut
glaubte. Es ging um das nackte Überleben von Personen und um
den Fortbestand der Stiftung. Harry Eisele und Heinrich Schmidt
waren Vertreter der Geschäftspolitik von Fred Schumann und es
bestand kein Zweifel, dass es schwer sein würde, sie für eine Kurs-
änderung zu gewinnen.

Klaus Sandershausen hatte immer versucht eine gerechte
und sozial ausgewogene Führungskraft zu sein. Nach den letzten
Ereignissen war unsicher, welche Meinung er vertreten würde. Es
war also eine fast unlösbare Aufgabe, die sich Manuel Pauli und
die Gräfin gestellt hatten.

Die Strategie war für die „Achse des Guten" klar. Die Vergangenheit musste bereinigt werden, damit ein Neuanfang erfolgen konnte. Wie immer, wenn die Gräfin an besonderen Sitzungen teilnahm wurde ihr der Vorsitz eingeräumt, obwohl dieser offiziell von Klaus Sandershausen wahrgenommen wurde. Den durch den Tod von Vera Kallenbach freigewordenen Platz hatte Klaus Sandershausen eingenommen. Er saß damit auf einem für ihn ungewohnten Platz neben Professor Heinrich Schmidt und direkt Manuel Pauli gegenüber. Nachdem sich alle beruhigt und ihren Platz am Tisch eingenommen hatten, konnte die Sitzung beginnen.

„Meine Herren, ich freue mich, dass wir uns in dieser schwierigen Situation so schnell zu einer Sondersitzung treffen konnten. Wir haben zwei wichtige Themen zu bearbeiten. Die Öffentlichkeit wartet immer noch auf unsere Stellungnahme zu der angekündigten Entlassung von 50 Mitarbeitern in Verbindung mit der Auflösung der Servicegesellschaft. Ich denke, wir sind uns einig, dass wir diese Ankündigung zunächst einmal dementieren sollten. Wir gewinnen damit Zeit, eine Lösung zu finden, die sozialverträglicher ist. Der Vorstand kann mit dieser Entscheidung ein Zeichen für die Öffentlichkeit setzen und für Ruhe nach außen und innen sorgen, damit wir ausreichend Zeit für eine richtige Weichenstellung für die Zukunft haben." Der Blick in die Runde bestätigte ihr, dass alle Anwesenden kein Interesse zeigten, die angekündigte Entlassung von Mitarbeitern zum gegenwärtigen Zeitpunkt umzusetzen.

Das Thema Servicegesellschaft war damit schneller abgehandelt, als sich die Gräfin dies gedacht hatte.

„Die Ereignisse haben sich die letzten Tage überschlagen und es besteht die Gefahr, dass die beiden Todesfälle zusammenhängen und weitere Mitglieder des Vorstands sich in akuter Lebensgefahr befinden", fuhr sie mit fester Stimme fort. „Wir haben also schnellen Handlungsbedarf. Wie ich erst vor kurzem erfahren habe, könnte Fred Schumann an einer Dosis Pentobarbital gestorben sein. Einige Ampullen wurden vor wenigen Wochen aus dem Giftschrank der Kurfürsten Residenz gestohlen. Auf Anweisung unseres verstorbenen Vorstandskollegen, Fred Schumann, sollte nicht der ganze Vorstand über den Diebstahl informiert werden. Entspricht diese Aussage der Wahrheit, lieber Heinrich?"

Der Blick der Gräfin richtete sich scharf und durchdringend auf den Professor. Es war offensichtlich, dass sie sich nicht mit weniger als der ganzen Wahrheit zufrieden geben würde. Die Überraschung war dem Professor vom Gesicht ablesbar. Es war nicht zu übersehen, wie es in ihm arbeitete. Wie viel wusste die Gräfin? Die Spannung im Raum stieg. Erwartungsvoll waren die Augen aller Anwesenden auf den Professor gerichtet.

„Das kann Ihnen nur Renate Schumann verraten haben. Fred Schumann hatte Schweigepflicht erlassen. Ich habe selbst bis vor einigen Tagen nichts von dem Diebstahl gewusst. Der medizinisch-assistierte Suizid ist nach wie vor in unserer Gesellschaft umstritten. Offiziell gibt es ihn in unseren Einrichtungen nicht und wir haben ihn nur für seltene Ausnahmefälle zugelassen. Nach unserem Qualitätshandbuch war diese Form des Beistands in der Sterbephase nur unter ärztlicher Aufsicht zulässig. Da Fred Schumann davon ausging, dass solche Fälle in der Praxis extrem selten auftreten, hielt er es nicht für nötig alle Vorstandsmitglieder zu informieren. Außerdem wird Pentobarbital in unseren Einrichtungen schon lange nicht mehr eingesetzt. Es hätte gar nicht mehr im Giftschrank sein dürfen. Nicht den ganzen Vorstand zu informieren, war aus heutiger Sicht sicher falsch."

Diese Antwort war taktisch gut formuliert und die Absicht des Professors, das Problem zu relativieren, war deutlich erkennbar. „Was ist unter der Formulierung „nicht alle wurden informiert" zu verstehen? Wer wusste aus dem Vorstand von dieser Praxis?" Die Gräfin wollte die volle Wahrheit wissen. Die ganze Wahrheit musste auf den Tisch. „Fred Schumann, Vera Kallenbach und Harry Eisele waren informiert. Von diesen Personen lebt nur noch Harry Eisele."

Diese, für die Gräfin überraschende Antwort lenkte sofort alle Blicke auf Harry Eisele, dem dies sichtlich unangenehm war. „Für Fred Schumann hatte alles Priorität und war ethisch zu vertreten, wenn es Arbeitsplätze sicherte oder schaffte. Ein weiterer Vorteil lag beim medizinisch-assistierten Suizid in der geringeren Belastung für die Mitarbeiter. Es blieb ihnen erspart ein langes Leiden von Menschen begleiten zu müssen. Aus ökonomischer Sicht ist eine möglichst kurze Sterbephase bis heute ein voller Erfolg. Die Erlöse sind seit der Einführung des „sanften Todes" merklich gestiegen.

Es gab nie einen Zweifel an der Richtigkeit der Entscheidung und weder Vera Kallenbach noch Renate Schumann hatten Bedenken angemeldet." Harry Eiseles Gesicht zeigte die Entschlossenheit, sich mit allen Mitteln zu verteidigen." Klaus Sandershausen war immer unruhiger geworden und griff jetzt in das Gespräch ein. „Du bist dir schon bewusst, dass ihr mich hier hintergangen habt. Bisher dachte ich, du bist mein persönlicher Freund, dem ich absolut vertrauen kann. Du bist die Person im Vorstand, die mir am nächsten steht und verschweigst mir so wichtige Details. Ich kann dich nicht verstehen.

Ich konnte es nie richtig begreifen, weshalb wir so viele gute Arbeitskräfte im Pflegebereich verloren haben. Jetzt wird es mir klar. Für sensible Menschen ist es leichter Menschen im Leiden zu begleiten, als mit der Gewissensbelastung eines assistierten Suizids leben zu müssen. Wir werden die heutige Praxis schonungslos aufdecken und analysieren müssen. Ich hoffe nicht, dass dabei etwas Schlimmes ans Licht kommt. Nach den Ereignissen der letzten Tage bin ich mir jedoch nicht mehr sicher, ob wir in der Vergangenheit als Vorstand ausreichend und richtig informiert wurden." Die Enttäuschung des Vorsitzenden Klaus Sandershausen war nicht zu übersehen.

Es war nun an der Zeit, dass auch Manuel Pauli ins Gespräch eingreifen konnte. „Ich habe aus erster Hand Informationen aus der Kurfürsten Residenz, dass von Angehörigen Prämien bezahlt wurden, wenn Bewohner innerhalb einer vorher vereinbarten Frist gestorben sind.

Diese Vereinbarungen sollen mit Ihnen, lieber Herr Eisele, getroffenen worden sein. Entsprechen diese Informationen der Wahrheit und sind in diesem Zusammenhang Gelder geflossen? Und wie wurden sie verbucht?"

Harry Eisele wurde blass im Gesicht und hatte sichtlich Mühe, Haltung zu bewahren. Hatten sich jetzt alle gegen ihn verschworen? Wie viel wussten die anderen wirklich? Er durfte sich keine Blöße geben. „Ich glaube nicht, dass Sie als Verwaltungsleiter so naiv gewesen sind, den Anstieg des Spendenumfangs nur der Einstellung eines neuen Fundraisers zuzuschreiben. Ich habe immer nur im Interesse der Stiftung gehandelt. Geldquellen zu erschließen gehört zu den Grundaufgaben von Vorstandsmitgliedern. Ich würde mich freuen, wenn alle von uns sich dies zur primären Aufgabe machen würden. Von philosophischen Höhenflügen kann unsere Stiftung nicht dauerhaft leben. Alles wurde ordentlich verbucht und kein Geld ist in meine eigene Tasche geflossen." Er versuchte dabei, persönliche Entrüstung in seine Stimme zu legen.

„Wie hat Vera Kallenbach diese Prämienregelung gesehen und wusste Renate Schumann von ihr?" mischte sich die Gräfin mit einer erneut scharfsinnigen Frage ein.
Auch der Professor war inzwischen in großer Aufregung und wollte der Wahrheit auf den Grund gehen. Es war eine gefährliche Frage für Harry Eisele, da dieser wusste, dass der Professor nicht nur geschäftliche Beziehungen zu Renate Schumann hatte. Was durfte er sagen, ohne in eine Falle zu geraten?

„Renate Schumann können Sie selbst fragen und auch Vera Kallenbach wusste um die Prämienregelung.

Die Prämienregelung ging auf den Vorschlag von Vera Kallenbach zurück. Sie hatte mich ins Vertrauen gezogen und wir waren beide davon überzeugt im Interesse der Stiftung zu handeln. Aber vielleicht stehen die Todesfälle ja in einem anderen Zusammenhang. Unser lieber Herr Professor Schmidt hat in einem von uns bisher noch nicht betrachteten Arbeitsbereich mit Vera Kallenbach zusammengearbeitet. Man hört ja so einiges vom organisierten Organhandel und von Fred Schumann habe ich gehört, dass die Stiftung in diesem Bereich schon öfter von seinen Kontakten profitiert hat.

Vielleicht hatte Vera Kallenbach zu viel gewusst und wurde von der Organmafia liquidiert. Vielleicht wissen Sie mehr als wir alle, lieber Herr Professor"? Ein geschickter Schachzug, der die Aufmerksamkeit auf Heinrich Schmidt lenkte und Harry Eisele bekam eine kurze Verschnaufpause zum Nachdenken. Harry Eisele benutzte das unpersönliche „Sie" gegenüber dem Professor, um seine Distanz zum möglichen Unrecht damit auszudrücken.

„Natürlich wusste Vera Kallenbach von den Möglichkeiten und Grenzen des Organhandels. Wenn sie in diesem Bereich Geld verdient hätte, dann wäre mir dies sicher bekannt. Ich hätte sie davor bewahrt, sich in Gefahr zu bringen.

Sie hat mir vertraut und hätte mich sicher um Rat gefragt. Nein, diese Schiene weiter zu verfolgen erscheint mir sinnlos", gab der Professor spontan zurück.

„Es kommt noch eine weitere Variante in Frage. Ich habe gehört, dass der Bewohner Rudolf Schleifenstein in der Kurfürsten Residenz ein sogenanntes „Todesroulette" mit den anderen Bewohnern spielt. Es geht dabei um ganz beträchtliche Geldsummen. Die Bewohner möchten natürlich, dass der Bewohner, auf den sie als nächsten Todeskandidaten gesetzt haben, auch tatsächlich stirbt." Harry Eisele nickte eifrig zustimmend. „Davon habe ich auch gehört. Vielleicht wurde das „Todesroulette" in makabrer Weise auf die Mitglieder des Vorstandes erweitert und noch eine Zusatzprämie ausgesetzt. Dann könnte ich mir gut vorstellen, dass ein Bewohner oder eine Bewohnerin der Kurfürsten Residenz hinter allem steckt." Harry Eisele gefiel diese Möglichkeit sichtlich und er blickte erwartungsvoll in die Runde.

„Ich bin entsetzt, welche Abgründe sich hier vor meinen Augen auftun", mischte sich jetzt Klaus Sandershausen in den Wortwechsel zwischen dem Professor und Harry Eisele. „Wenn ihr beide so etwas in Erfahrung gebracht habt, weshalb werde ich als Vorsitzender von euch nicht unverzüglich informiert. Ihr bringt unser aller Leben in Gefahr und haltet es nicht für nötig, uns zu informieren. Selbst wenn nur das Leben von alten Menschen durch das „Todesroulette'" gefährdet wurde, tragen wir als

Miglieder des Vorstands die Verantwortung dafür, wenn unzulässiges Glücksspiel in der Stiftung betrieben wird. Ich bin fassungslos!"

„Jetzt dramatisiere doch dieses harmlose Spiel nicht gleich", der Professor versuchte den Vorsitzenden zu beruhigen. „Bisher sind dies alles nur Vermutungen. Die alten Menschen leiden unter Langeweile, da fallen ihnen eben solche Spiele ein.

Ich gönne den Senioren ihre kleine Entspannung und Abwechslung im trostlosen Alltagstrott. Doch ich werde unser Gespräch zum Anlass nehmen, der Sache auf den Grund zu gehen."

Nach einer kurzen Stille im Raum, ergriff die Gräfin wieder das Wort. Dem Schlagabtausch zwischen den beiden Männern hatte sie interessiert zugehört und sich die Themen Organhandel und Glücksspiel notiert, um sie für spätere persönliche Überlegungen nicht aus dem Gedächtnis zu verlieren. Obwohl sie trotz des Alters noch einen messerscharfen Verstand hatte, registrierte sie bei sich doch sehr wohl auch manche altersbedingten Gedächtnislücken. Notizen halfen auch, sich auf ein Thema ganz zu konzentrieren, ohne innerlich abgelenkt zu sein. „Ein geschicktes Ablenkungsmanöver, Herr Eisele, aber mich können Sie nicht täuschen", warf sie ein. „Ich habe einige Fakten herausgefunden und dabei interessante Einsichten gewonnen.

Der mit der Vergrößerung Ihrer Villa beauftragte Architekt hatte seine Eltern in der Kurfürsten Residenz.

Im Fall Ihres Architekten wurde trotz Lebenszeitprognose und medizinisch-assistiertem Tod keine Prämie vereinbart, aber das Honorar des Architekten soll ungewöhnlich gering gewesen sein. Der Autoverkäufer Ihres Jaguars hatte seine Mutter in der Residenz. Ihr früher Tod kam für alle unerwartet und der Verkaufspreis des Autos lag weit unter dem Marktwert. Der Bauunternehmer, der den Swimmingpool für Ihre Frau baute, hatte ebenfalls seine Mutter in der Kurfürsten Residenz. Sind dies alles Zufälle?" Harry Eisele erhob sich entrüstet und erregt von seinem Stuhl.

„Wie kommen Sie dazu, mir nachzuspionieren. Haben Sie einen Detektiv beauftragt? Ich finde es unerhört in meinem Privatleben herumzuschnüffeln und bin nicht bereit mir weiter solche wilden Verdächtigungen anzuhören."

Die Gräfin hatte den Stachel an der richtigen Stelle gesetzt. Harry Eisele stand kurz davor, einen Fehler zu machen. Klare Gedanken konnte er kaum noch fassen. „Setz dich, Harry, wir wollen jetzt der Wahrheit auf den Grund gehen", gab ihm sein Duzfreund Klaus Sandershausen unmissverständlich zu verstehen.

„Doch dies ist noch nicht alles", sprach die Gräfin weiter. „Für den Umbau der Villa haben Sie die Bank gewechselt und einen extrem günstigen Kredit erhalten. Die Mutter des Bankiers ist nach kurzer Leidenszeit an einem medizinisch-assistierten Suizid gestorben. Den Becher mit dem Gift haben Sie ihm besorgt. Dafür gibt es Zeugen. Vermutlich stammt das Gift aus dem Diebstahl in der Kurfürsten Residenz."

Harry Eisele sackte in sich zusammen. Er war mit den Nerven am Ende. Er mobilisierte die letzten Kräfte, um sich noch einmal gegen die gnadenlose Demontage durch die Gräfin zu wehren. „Alles nur unglückliche Umstände. Ich habe geholfen und nur Not gelindert. Es hatte sich irgendwie herumgesprochen, dass man bei mir den „sanften Tod" bekommen kann. Vera Kallenbach hat die meisten Vermittlungen arrangiert. Ihre Geldgier ist schuld daran, dass so viele alte Menschen sterben mussten." Der Widerstand war gebrochen. Harry Eisele war am Ende. Die Gräfin setzte zum entscheidenden Todesstoß an.

„Aber Vera Kallenbach wollte mehr, sie wollte am Gewinn beteiligt werden und konnte nicht genug bekommen. Deshalb musste sie sterben. War es so?" Harry Eisele saß mit gebrochenem Blick am Tisch, die Tränen flossen in Strömen. Er schluchzte. Die anderen ließen ihm Zeit, um sich wieder zu erholen.

„Ich hatte mich betrunken und war mit dem Jeep meines Sohnes ziellos unterwegs. Plötzlich sah ich Vera am Straßenrand stehen und der starke Drang, sie einfach einmal heftig zu erschrecken, ergriff mich. Durch den Alkoholgenuss hatte ich den Abstand falsch eingeschätzt und so kam es zur Kollision. Ich habe ihren Tod nicht gewollt, das müsst ihr mir glauben. Da zu viel passiert war, blieb mir nichts anderes übrig, als den Verdacht auf einen anderen Täter zu lenken. Deshalb hatte ich das Attentat auf dich inszeniert, Klaus. Glaub mir, du warst nie wirklich in Gefahr. Es tut mir alles so leid."

Klaus Sandershausen konnte das Gehörte kaum glauben. Sein Freund hatte ihn so unvorstellbar hintergangen, dass er nur noch fassungslos war. „Und Fred Schumann, hast du ihn auch umgebracht, hast du auch mit seinem Tod etwas zu tun?" setzte er nach. „Ich weiß, dass ihr mir das jetzt nicht glauben werdet, aber mit seinem Tod habe ich wirklich nichts zu tun", kam die leise, zaghafte Antwort.

„Nach seinem Tod war ich total verunsichert. Ich wusste nicht, wie viel von unseren gemeinsamen Entscheidungen er dokumentiert hatte. Seine Unterlagen konnten für die Stiftung gefährlich werden. Einige der Gelder, die Fred Schumann durch seine risikoreichen Geldanlagen verspekuliert hatte waren noch nicht versteuert.

Ich hatte ihm geholfen, die Bilanzen so zu schönen, damit die Verluste dem Finanzamt nicht auffallen konnten. Es blieb mir keine andere Wahl. Ich musste Fred Schumann den Rücken frei halten, damit über alles Gras wachsen konnte. Durch den Tod von Fred Schumann war ich verunsichert und habe Angst bekommen. Deshalb habe ich sein Büro aufgebrochen, alle Dateien gelöscht und seine schriftliche Dokumentation mitgenommen.

„Und den roten Jaguar haben Sie auch gefahren und mir die Tötungsmaschine geschickt"', warf der Professor empört ein. „Sie wussten genau, dass ich zum Hotel fahre und wollten mir nur das Gefühl geben, dass ich von einem Unbekannten verfolgt werde, um von sich selbst abzulenken. Wie haben wir uns nur in Ihnen so täuschen können. Ich bin fassungslos." Dem Professor war trotz aller Empörung die Erleichterung anzumerken, dass von seinem eigenen Verschulden nicht mehr gesprochen wurde. Mit dem Übergang zum unpersönlichen „Sie" brachte er unmissverständlich zum Ausdruck, dass es mit einer Freundschaft zu Harry Eisele endgültig vorbei war. Durch den von Heinrich Schmidt eingeführten „sanften Tod" waren die ganzen Ereignisse erst möglich geworden. Er hatte die Versuchung geschaffen und Harry Eisele war der Versuchung erlegen. Harry Eisele blieb eine Antwort schuldig und ergab sich kopfnickend in sein Schicksal.

„Eine Frage habe ich noch", mischte sich die Gräfin wieder ein. „Das in der Kurfürsten Residenz gespielte „Todesroulette', hatten Sie dabei auch Ihre Hände im Spiel, Herr Eisele?" An den Gesichtern der anderen konnte man sehen, dass sie diesem nach dem Gehörten alles zutrauten.

Harry Eisele hatte nun jeden Widerstand aufgegeben und war bereit, sein Möglichstes für eine umfassende Aufklärung zu tun, um den Zom der anderen zu besänftigen. Das „Todesroulette" ist für mich nur ein harmloses Glücksspiel, das den trostlosen Alltag der Bewohner etwas interessanter macht. Ich hatte erst vor einigen Monaten davon erfahren. Ich wollte den Bewohnern diese kleine Abwechslung im Alltag aber nicht nehmen. Die Bewohner geben ihren Tipp ab, welcher Bewohner als nächstes stirbt und können über Gewinnquoten Geld erspielen. Der Einsatz liegt nur bei zehn Euro, sodass sich dadurch kein Bewohner verschulden kann."

„Sie hätten das Glücksspiel dem Vorstand melden müssen. Es wird sich herausstellen, ob es wirklich harmlos war." Die Gräfin war mit der Information zufrieden, aber ihre Bedenken waren geblieben. Glücksspiel war nie harmlos. Auch das Glücksspiel unter Senioren war strafbar und die Kurfürsten Residenz war für den Schutz der Bewohner verantwortlich. Bei nächster Gelegenheit wollte sie dafür sorgen, dass Jens Müller alle notwendigen Informationen bekam, um die Urheber zur Verantwortung zu ziehen.

„Ich bewundere immer wieder Ihren Scharfsinn, liebe Gräfin", ergriff Klaus Sandershausen noch einmal das Wort. „Wie konnten Sie die ganzen Fakten in so kurzer Zeit herausfinden?"

„Die besten Informanten waren und sind immer die Mitarbeiter der Reinigungsunternehmen. Ich habe bei meinem Besuch in der Kurfürsten Residenz einige davon befragt. Wie Sie wissen, wohnt in der Kurfürsten Residenz eine Freundin von mir. Fred Schumann hatte veranlasst sie mit Tabletten ruhig zu stellen.

Aus Dankbarkeit für meine Hilfe hat sie, wie „Miss Marple" eigene Detektivarbeit geleistet. Den Rest konnte ich mir zusammenreimen, ohne es im Einzelnen beweisen zu können. Nun haben wir das Geständnis des Täters und benötigen keine Beweise mehr.
Meiner Freundin geht es wieder ausgezeichnet. Ich habe sie ärztlich untersuchen und medikamentös neu einstellen lassen.

Ich bin dankbar, dass sie auf eine Schadensersatzklage und Schmerzensgeld gegenüber unserer Stiftung verzichtet." Damit waren durch die Gräfin auch die letzten verbliebenen Fragen beantwortet. Die Tür öffnete sich und die Sekretärin trat ein. „Bitte entschuldigen Sie die Störung. Der Kommissar hat sich gemeldet. Er hat sich noch einmal dafür entschuldigt, dass es so lange gedauert hat, bis der Befund der Gerichtsmedizin erstellt werden konnte.

Die Gerichtsmedizin leidet krankheitsbedingt unter Personalmangel und die Untersuchung gestaltete sich schwieriger, als es zu vermuten war. Doch der Befund der Obduktion ist eindeutig. Fred Schumann ist eines natürlichen Todes gestorben. Ein Herzinfarkt konnte nachgewiesen werden, der sofort tödlich war. Eine Fremdeinwirkung wird ausgeschlossen." Die Rätsel waren gelöst. Am Tod von Fred Schumann war niemand schuld. Der verbliebene Vorstand bestand aus Unschuldigen. Doch „die Unschuldigen" fühlten sich alle an den Ereignissen der letzten Zeit mitschuldig. Die Anspannung der vergangenen Tage löste sich trotzdem etwas. Ein Neubeginn in der Stiftung konnte in Angriff genommen werden. „Das letzte Puzzleteil ist gefunden", sprach die Gräfin, und ihr Gesicht entspannte sich zu einem Lächeln.

Harry Eisele bekam die Chance, sich selbst der Polizei zu stellen. Seine Tätigkeit für die Stiftung war mit sofortiger Wirkung beendet. Den medizinisch-assistierten Suizid gibt es in der Stiftung nicht mehr. Die Kräfte des Guten hatten am Ende gesiegt.

Anhang

Kommentar zur zeitgeschichtlichen Einordnung im Jahr 2021

Die medizinisch-assistierte gewerbliche Sterbehilfe wurde im Urteil des Bundesverfassungsgerichts vom 26.02.2020 als grundsätzlich legal und rechtmäßig eingestuft. Das bis zu diesem Zeitpunkt bestehende Verbot der geschäftsmäßigen Selbsttötung in § 217 Absatz 1 des Strafgesetzbuches wurde als zu eng eingestuft und festgestellt, dass die verfassungsrechtlich geschützte Freiheit einer assistierten Selbsttötung durch das Verbot einer gewerbsmäßigen assistierten Selbsttötung nach § 217 Abs.1 StGB zu weit eingeschränkt werde. Es wurde auch festgestellt, dass sich die Regelung der assistierten Selbsttötung im Spannungsfeld unterschiedlicher verfassungsrechtlicher Schutzrechte bewegt. Es kollidiert mit dem hohen Rechtsgut das Leben zu schützen. Es wird vom Bundesverfassungsgericht einleitend festgestellt: „Das allgemeine Persönlichkeitsrecht (Artikel 2 Absatz 1 in Verbindung mit Artikel 1 Absatz 1 Grundgesetz) umfasst als Ausdruck der Autonomie ein Recht auf selbstbestimmtes Sterben." Interessant ist es, dass vom Bundesverfassungsgericht es als grundsätzlich richtig angesehen wird das Leben und die Autonomie des Menschen mit Mitteln des Strafrechts zu schützen, wie dies bisher im § 217 Absatz 1 StGB geschah. Jedoch wurden die Grenzen, innerhalb derer die gewerbliche medizinisch-assistierte Sterbehilfe noch stattfinden darf, bisher zu eng gesetzt. Dies führte dazu, dass § 217 Abs. 1 StGB außer Kraft gesetzt wurde. Eine Neufassung muss nun von der Gesetzgebung erarbeitet werden, damit wieder Rechtssicherheit gewährleistet ist.

Welche Freiheit zum allgemeinen Persönlichkeitsrecht in einem Volk gehört, das ist nicht frei definier- oder wählbar. Eine glücklich machende Freiheit gibt es nur im Licht des Weltbildes, welches die Menschen über die letzten Jahrtausende geprägt hat. In Deutschland ist dies immer noch der jüdisch-christliche Glaube an den Gott Abrahams, Isaaks und Jakobs von welchem im Alten Testament der Bibel berichtet wird. Dieser Gott hat den Menschen so geschaffen, dass der Mensch sich selbst versklaven kann, um ein möglichst langes Leben in materiellem Wohlstand zu bekommen oder sich für eine Freiheit zu entscheiden, die ihre Erfüllung in der Liebe zu Gott und zu den Menschen findet. Dieser Gott hat den Menschen so geschaffen, dass er ihm persönlich begegnen und in seiner Gegenwart und unter seinem Schutz leben kann. Die Geschichten im Alten Testament berichten davon, wie Menschen ihre ganz persönliche Gottesbeziehung leben. Durch die Geschichte Israels wurde nicht nur dem jüdischen Volk gezeigt wie es seinen Gott verehren und gleichzeitig seinem Mitmenschen mit Respekt begegnen kann, sondern allen Menschen auf dieser Erde. Und dann geschah es. Durch die Geschichte Gottes mit dem Volk Israel über Jahrtausende gut vorbereitet. Gott wurde Mensch und offenbarte sich allen Menschen als liebender Gott. Zunächst dem jüdischen Volk in Bethlehem, Nazareth, Jerusalem und dann der ganzen Welt. Die Liebe, die frei macht, offenbarte sich in Armut. Der Sohn Gottes kommt zu den Armen, Kranken, Leidenden, Einsamen und Sterbenden.

Er will ihnen begegnen und bietet Freiheit und Heilung an. Und er ist in seinem Anspruch eindeutig und direkt. Wer in seine Fußstapfen treten will, der muss damit rechnen, dass er die gewählte Freiheit mit einer begrenzten Lebenszeit auf der Erde bezahlen wird. Es geht nicht um den Einsatz von einem Teil seines eigenen Vermögens. Die glücklich machende Freiheit kann den Menschen alles kosten, sein Vermögen und sein Leben.

Es geht um alles oder nichts, denn mit dem Sterben am Kreuz ist Gottes Geschichte mit den Menschen nicht zu Ende. Es folgt die Auferstehung und das Ewige Leben. Wer sich für diese Freiheit entscheidet, der bleibt nicht allein gelassen. Jesus Christus sagt, dass für seine Follower das Ewige Leben unwiderruflich schon begonnen hat und Gottes Heiliger Geist ihnen helfen wird, bis zum Ende ihres Lebens zu glauben, zu hoffen und zu lieben.

„Freiheit wird nicht mit dem Streben nach Freiheit, sondern mit dem Streben nach Wahrheit erlangt. Freiheit ist kein Ziel, sondern eine Folge."

Dieser Satz stammt vom russischen Schriftsteller Leo Tolstoi (1828-1910).

Im Johannesevangelium im Kapitel 8 sagt Jesus seinen Jüngern: „Ihr werdet die Wahrheit erkennen und die Wahrheit wird euch frei machen." Was ist nun die Wahrheit, wenn es um die gewerblich unterstützte Selbsttötung geht? Die Wahrheit ist, dass es kein Grundrecht auf Gesundheit gibt. Hierzu steht nichts im Grundgesetz.

Damit kann der Mensch auch keine assistierte Selbsttötung aufgrund fehlender Gesundheit einfordern. Zur Wahrheit gehört aber auch, dass die heutigen medizinischen Möglichkeiten es den Ärzten ermöglichen einen Sterbeprozess zu verlängern. Die Frage nach den Grenzen dieser Verlängerung ist deshalb richtig und legitim.

„Geld regiert die Welt!" ist ein im Volksmund bekannter Spruch. Genau an diesem Punkt beginnt die Herausforderung für das Strafrecht. Wer hat ein Motiv an der Tötung eines Menschen.

Falls eine gewerbliche Unterstützung bei einer Selbsttötung erfolgt, muss dies dann beispielsweise ein gemeinnütziges Unternehmen sein oder ein Unternehmen, welches unter staatlicher Kontrolle steht? Wie kann sichergestellt werden, dass die finanziellen Profiteure, beispielsweise die Erben, nicht unter den Generalverdacht der vorsätzlichen Vorteilsnahme kommen? Wer führt eine Statistik und untersucht die psychischen Langzeitfolgen für die an der medizinisch assistierten Selbsttötung beteiligten Ärzte, Angehörigen und Unternehmen? Es gibt viele offene Fragen, die das Parlament im Gesetzgebungsprozess diskutieren und für die Gesellschaft entscheiden muss. Denn zur Wahrheit gehört auch, dass der unser Weltbild prägende Gott ein barmherziger Gott ist. Die Jahreslosung für 2021 lautet: „Seid barmherzig, denn euer Vater im Himmel ist es auch." Lukasevangelium Kapitel 6 Vers 36. Wenn dieser Leitsatz die Beratungen über eine Neufassung des Paragraphen 217 StGB prägt, dann bin ich mir sicher, dass es eine gute Neufassung wird.

Auch für die parallel zur Aufhebung des Verbots der gewerblichen assistierten Selbsttötung auftretenden Corona-Pandemie seit Anfang 2020 ist zu prüfen, wann ist die Grenze der Einschränkung des im Grundgesetz legitimierten Persönlichkeitsrechtes überschritten und wo werden die Persönlichkeitsrechte unzulässig verletzt. Beim Recht auf ein selbstbestimmtes Sterben wird vom Bundesverfassungsgericht ein Maßstab der strikten Verhältnismäßigkeit eingefordert. Dies gilt selbstverständlich auch für die Einschränkung der Persönlichkeitsrechte in einer Pandemie. Auch hier geht es um Selbstbestimmung im Leben und im Sterben. Auch in einer Pandemie gibt es kein Grundrecht auf Gesundheit.

Es ist unzulässig Impfstoffe willkürlich durch eine Ethik-Kommission auszuwählen und Impfungen vorzunehmen, ohne die Ungefährlichkeit in Langzeitstudien nachgewiesen zu haben. Erschwerend kommt hinzu, dass die Impfungen zunächst nicht unter ärztlicher Begleitung und Kontrolle in Hausarztpraxen, sondern in Impfzentren stattfinden. Leider wurde auch die Ergänzung des Infektionsschutzgesetzes im Jahr 2020 in Angst und Panik gestrickt, sodass das allgemeine Persönlichkeitsrecht unzulässig eng eingeschränkt wurde. Es wird interessant zu verfolgen und zu sehen, ob das Bundesverfassungsgericht auch das Infektionsschutzgesetz außer Kraft setzt, damit der Gesetzgeber gezwungen wird seine handwerklichen Fehler zu korrigieren und dem Bürger seine im Grundgesetz festgeschriebenen Grundrechte wieder zurückzugeben.

Helfen kann es uns die Widerstandskräfte des eigenen Körpers durch Bewegung an der frischen sauerstoffhaltigen Luft zu stärken, negative Nachrichten in Funk und Fernsehen zu meiden und regelmäßig Gottesdienste zu besuchen, die für die Seele gut sind. Es hilft Psalmen zu lesen, zu singen oder zu tanzen. Schon vor tausenden von Jahren war dies hilfreich und ist bis heute eine tolle Freizeitbeschäftigung. Jeder hat ein Recht selbst zu entscheiden, ob er geimpft werden will oder nicht und wenn ja, selbst auszuwählen wo dies sein soll und welchen Impfstoff er möchte. Die verfassungsrechtlich geschützte Freiheit ist ein hohes Gut, das frühere Generation schwer erkämpft haben. Wir dürfen unsere Freiheit nicht auf dem Altar des Wohlstandes und des egoistischen zügellosen Konsums opfern. Selbst eine Pandemie kann kein Grund sein, die Freiheit auf dem Altar eines möglichst langen Lebens, des Wohlstands und der Mobilität zu opfern.

Zunächst wollten die Israeliten die Sklaverei und die harten Lebensbedingungen in Ägypten hinter sich lassen. Als ihnen bewusst wurde, dass der Mensch auch für die Freiheit einen Preis bezahlen muss, sehnten sie sich nach den Fleischtöpfen Ägyptens zurück. Sicher ist, Freiheit lohnt sich. Es braucht nur Geduld und Treue. Später durfte das Volk Israel in ein Land einziehen, in welchem „Milch und Honig floss".

Zeitfracht Medien GmbH
Ferdinand-Jühlke-Straße 7
99095 Erfurt, Deutschland
produktsicherheit@kolibri360.de